BARTOLOMEU CAMPOS DE QUEIRÓS

CONTOS E POEMAS PARA JOVENS

BARTOLOMEU CAMPOS DE QUEIRÓS

CONTOS E POEMAS PARA JOVENS

SELEÇÃO E APRESENTAÇÃO
NINFA PARREIRAS

São Paulo
2025

© Jefferson L. Alves e Richard A. Alves, 2022

2ª Edição, Global Editora, São Paulo 2025

Jefferson L. Alves – diretor editorial
Flávio Samuel – gerente de produção
Ninfa Parreiras – seleção e apresentação
Juliana Campoi – coordenadora editorial
Jefferson Campos – analista de produção
Marina Itano – projeto gráfico e capa
Equipe Global Editora – produção editorial e gráfica
Juarez Rodrigues/EM/D.A Press. – foto de capa (Brasil. Belo Horizonte – MG, 2009)

Dados Internacionais de Catalogação na Publicação (CIP)
(Câmara Brasileira do Livro, SP, Brasil)

    Queirós, Bartolomeu Campos de, 1944-2012
       Contos e poemas para jovens : Bartolomeu Campos de
    Queirós / seleção e apresentação Ninfa Parreiras. – 2. ed. –
    São Paulo : Global Editora, 2025.

       ISBN 978-65-5612-696-8

       1. Contos - Coletâneas - Literatura infantojuvenil 2. Ensaios -
    Coletâneas - Literatura infantojuvenil 3. Poesia - Coletâneas -
    Literatura infantojuvenil I. Parreiras, Ninfa. II. Título.

24-235023   CDD-028.5

Índices para catálogo sistemático:
1. Antologia : Literatura infantojuvenil   028.5
2. Antologia : Literatura juvenil   028.5

Cibele Maria Dias - Bibliotecária - CRB-8/9427

Obra atualizada conforme o
NOVO ACORDO ORTOGRÁFICO DA LÍNGUA PORTUGUESA

Global Editora e Distribuidora Ltda.
Rua Pirapitingui, 111 – Liberdade
CEP 01508-020 – São Paulo – SP
Tel.: (11) 3277-7999
e-mail: global@globaleditora.com.br

🅖 grupoeditorialglobal.com.br   📷 @globaleditora

💬 blog.grupoeditorialglobal.com.br   in /globaleditora

f /globaleditora   ♪ @globaleditora

▶ /globaleditora   𝕏 @globaleditora

Direitos reservados.
Colabore com a produção científica e cultural.
Proibida a reprodução total ou parcial desta
obra sem a autorização do editor.

Nº de Catálogo: **4632**

"TODO LIVRO LITERÁRIO
ME ALFABETIZA."

SUMÁRIO

APRESENTAÇÃO, por Ninfa Parreiras 9

MEMÓRIAS, CONTOS E ENSAIOS 19
Singular descoberta da escrita 21
Havia um armário... 25
Uma varanda longa... 27
Do meu tempo de menino 33
Uma definitiva presença 37
O primeiro livro que li foi o "papel roxo da maçã" 41
As folhas do meu primeiro livro 45
Nunca me assentei em meu escritório... 47
Hoje, isento de todas as emoções... 49
A fantasia nova do rei 51
Zoroastro 59
O menino-gato e o gato-menino 61
Traíra sem espinhos 65
Resta o cão 71
Alfabetizar 73
Ao fantasiar 75

Dos muitos lixos 79
Carta poética 83
A palavra Aids 87
Matemática contemporânea 93

POEMAS 97

A gema 99
A batatinha inglesa 100
Eu sei, ... 101
A Barata é um barato. 102
Pulga pula 103
Se o burro berra 104
A ligeira lagartixa 105
A aranha arranha o ar 106
A Arara ama o "A". 107
O galo gaulês 108
Fino, ... 109
Verde-gaio 112
O boi boicota, ... 113
Marinheiro 114
Tarde 115
Azul 116
Horizonte 117
Pedra 118
Belém 119

MANIFESTO POR UM BRASIL LITERÁRIO 121

DATAS E LOCAIS DE PUBLICAÇÃO DOS TEXTOS DESTE VOLUME 125

APRESENTAÇÃO

LAPIDAÇÃO DA ESCRITA

ENTRE LEITURAS, PALAVRAS, imagens, sonhos, sons... É assim que nos sentimos ao ler a obra de Bartolomeu Campos de Queirós. Cada palavra foi selecionada e lapidada para sorvermos beleza. Seus textos carregam uma sonoridade que nos leva a passear por experiências literárias que tivemos, pela voz daqueles que nos contaram histórias e nos encantaram. São escritos que inauguram uma existência a cada passada de página. Você se sente sujeito da sua história, da sua vida, pois o que escreve o poeta é pura invenção de fantasias que desfrutamos.

Do verso à narrativa, dos contos aos artigos, sua obra passeia pela infância, maturidade e velhice. Aborda o tempo, a criação, a leitura, a escrita, o amor, a conexão do leitor com a palavra. Tudo isso aliado às relações que tecemos no decorrer da vida — política, social e amistosa. E, mais ainda, nos traz um conceito de infância, uma ética de respeito ao "ser criança". Além disso, é uma obra que prima pela beleza, por uma estética que privilegia o belo, mesmo quando se escreve sobre a dor, a perda, a tristeza, o vazio. O autor é um grande encantador das palavras. Ao lermos seus escritos, escutamos sua voz macia, pausada, seu olhar atento ao outro. Os silêncios brotam e nos deixam um cheiro bom do interior e da colheita de frutas.

Minas, sua terra natal, não aparece descrita nem idealizada. Há uma revelação sutil e silenciosa. Descobrimos a mineiridade de seus textos no "não se dizer" mineiro, no relatar sem pressa, na prevalência da linguagem sensorial. Isso traduz a universalidade da sua escrita que conversa bem com leitores iniciantes, iniciados, provenientes de qualquer lugar.

Nos textos dirigidos aos jovens e adultos, percebemos o lado criança que brota pelas memórias. Chegam olhares de quem vê uma parede ou uma porta pela primeira vez. Bartolomeu faz (e muito bem) o que Sigmund Freud, criador da psicanálise, nos ensinou sobre os poetas. Ele faz uma coisa que só os que fazem poesia conseguem — nem os cientistas, nem os psicanalistas atingem facilmente o campo do sensível, da "desrazão", onde moram nossos monstros e sonhos, a criança que nunca se apaga. Aquela voz da infância que se acende vez ou outra e nos faz renascer a cada leitura. A literatura é capaz de trazer novamente esse campo vital para todos: crianças, jovens e adultos.

Dos primeiros textos que escreveu — como *O peixe e o pássaro* e *Ciganos* —, surgem questões existenciais que nos permitem compartilhar um novo olhar sobre a passagem do tempo, o destino dos seres, a liberdade e a autonomia. Aliás, o tema da liberdade e da palavra libertadora é constante na obra do escritor mineiro. Sua relação com as montanhas chega ao oceano por meio de criações oníricas, em que mais vale sonhar que realizar o sonho. O mar escutado nas histórias do pai era muito mais fascinante que o mar que ele vai conhecer no Rio de Janeiro! É preferível ler a escrever. Mais vale escutar do que falar. É isso que o poeta nos ensina pelas narrativas e poemas que criou.

Nas últimas publicações do autor, como *Tempo de voo* e *O fio da palavra*, Bartolomeu nos traz seu olhar sobre a vida e a criação. É como se ele refizesse uma trajetória de muitos anos, com suas quedas e lutas, e voltasse à palavra e à beleza como possibilidade de nos mantermos vivos.

Foram quatro décadas de criação de textos para crianças, adolescentes e adultos. Bartolomeu escreveu para todos os públicos, em prosa e em poesia. E dispensava classificações etárias e temáticas. Para ele, havia uma só literatura: aquela que todos podemos ler, como o pão que é dividido e multiplicado. Ele não escrevia para crianças; escrevia pela criança que o habitava.

Seu conjunto de livros, com mais de sessenta títulos publicados, engloba contos, poemas, narrativas em prosa poética, artigos, crônicas e ensaios sobre leitura e arte. Textos que podem ser lidos e degustados por leigos, estudiosos e profissionais da palavra.

Em 2012, a novela *Por parte de pai* recebeu duas adaptações para o teatro, de grupos diferentes de dramaturgia. Em 2013, foi a vez de *Vermelho amargo* subir em alguns palcos do país. Por que será que seu texto, narrado em primeira pessoa, desperta o interesse daqueles que lidam com o diálogo, o palco e as pessoas? Bartolomeu dava voz e vida aos seres inanimados: uma parede, um tomate, um caderno de escrever. Além disso, criou histórias tão ricas em imagens que vemos as cenas, sentimos os cheiros, ouvimos os ruídos e apalpamos as texturas daquilo que é descrito. Sua prosa é feita de uma profusão de fotos em diferentes dimensões e sentidos. Ele conjuga a polissemia em sua produção literária.

Nesta seleção, pensamos nos jovens leitores, por ser uma obra muito interessante a estudantes, funcionários, educadores, do Ensino Fundamental ao Ensino Médio, incluindo aí os estudantes e educadores da Educação de Jovens e Adultos, a EJA. São textos dirigidos aos estudantes, aos professores, àqueles que queiram se aventurar numa poética que valoriza a palavra e os sentimentos. Há, na produção do autor, um humor fino, que será logo percebido. Faz rir, faz chorar, faz pensar. Pode ser que, diante de uma cena assoladora, o leitor se derreta de rir das ironias da vida.

Dividida em contos, ensaios e em poemas, *Contos e poemas para jovens — Bartolomeu Campos de Queirós* traz uma mostra relevante da obra do autor. Alguns foram escritos à máquina ou em letra cursiva nas primeiras décadas de sua produção literária — idos dos anos 1960 e 1970 — e estavam cuidadosamente guardados em pastas. Prontos para serem publicados. Outros escritos mais recentes, feitos diretamente no computador, foram selecionados especialmente por ele para fazerem parte desta coletânea, iniciada quando o escritor ainda estava entre nós.

Os contos e poemas aqui selecionados foram assim estabelecidos pelo autor em vida para esta especial coletânea, sendo que alguns deles possuem outras versões, publicadas em diferentes livros (também estabelecidos pelo autor), e assim prezamos manter essa variabilidade nesta edição, para contemplar as diversas formas que um texto pode ter.

Seus contos valorizam a fantasia e resgatam a memória como mola propulsora da própria vida. Já nos ensaios, o autor foca o valor da palavra e da leitura como ferramentas de formação leitora e cidadã. Em relação aos poemas, estamos ora diante de criações lúdicas, com jogos de palavras, com metáforas, com sonoridades; ora diante do deslumbramento do olhar do poeta, voltado aos sentimentos e às coisas simples.

São vinte narrativas (contos e ensaios) e 19 poemas. E mais o texto "Manifesto por um Brasil literário", criado para o Movimento por um Brasil Literário (MBL). São quarenta escritos ao todo. Número cabalístico? Para um autor que primou pela escolha de números em algumas de suas obras — *Cavaleiros das sete luas*, *História em 3 atos*, *2 patas e 1 tatu*, *Os cinco sentidos* —, foi uma feliz coincidência conseguirmos um número singular de textos, totalizando quarenta, um dos números que mais se repete no livro sagrado de judeus e de cristãos. Conhecido como número de provação e de espera, ele nos coloca diante de palavras e de caminhos a serem percorridos por cada leitor, em sua quarentena. As narrativas e os poemas abrem-se para leituras reveladoras e transformadoras.

Os vinte poemas aqui publicados brincam com as letras, as palavras, trazem musicalidades, aliterações, metáforas. São breves como um respirar vagaroso.

Já nos textos em prosa, alguns foram publicados anteriormente em revistas ou jornais. Notamos um rememorar a vida de menino, a convivência com a família e com o campo e suas superstições e costumes. "A fantasia nova do rei" (um reconto da história de Hans Christian Andersen), incluído anteriormente em uma coletânea, é uma história com roupagem diversa, feita pela tinta do escritor mineiro. Em "Matemática contemporânea", sua ironia chega em relatos breves e curtos. Trazem um gosto de querer ler mais.

Aliás, a concisão e a economia de palavras são características de sua obra afogada em sal e água. Um sal desprendido de pedras das Gerais e também pescado em mares distantes das serras.

Os ensaios foram anteriormente preparados para alguma conferência ou publicação impressa. São textos que inauguram questões que foram posteriormente aprofundadas por Bartolomeu, em sua missão como educador, filósofo e pensador da cultura.

O autor recebeu os mais variados prêmios nacionais ao longo dos seus quarenta anos de carreira. Obteve também prêmios internacionais e foi indicado pela Fundação Nacional do Livro Infantil e Juvenil (FNLIJ) a concorrer ao maior prêmio da Literatura Infantil no mundo, o Hans Christian Andersen do International Board on Books for Young People (IBBY), pelo conjunto da sua obra, ficando em segundo lugar por duas vezes consecutivas.

Sua obra está espalhada em diferentes países, publicada em espanhol, dinamarquês, francês e inglês. Os leitores se multiplicam e manterão viva a memória deste escritor que contribuiu para o debate sobre a leitura no país quando participou e colaborou com instituições como a Fundação Nacional de Artes (Funarte), a Fundação Nacional do Livro Infantil e Juvenil (FNLIJ), o Programa Nacional de Incentivo à Leitura (Proler), a Cátedra Unesco de Leitura da Pontifícia Universidade Católica do Rio de Janeiro, o Movimento por um Brasil Literário (MBL) e o Instituto C&A.

Membro da Academia Mineira de Letras, Bartolomeu costumava participar de feiras de livros, festivais literários e falava com desenvoltura para o público constituído por adultos, jovens e crianças.

Seus livros e bens móveis mudaram-se da Savassi, bairro de Belo Horizonte, para a pequena Papagaios, sua cidade de coração, incrustada no sertão de Minas Gerais. Lá, a Associação Cultural Bartolomeu Campos de Queirós, instituição sem fins lucrativos, mantém viva sua memória e abre ao visitante as portas do Centro Cultural Bartolomeu Campos de Queirós para olhar, sentir, tocar cada espaço montado pelo artista. Esse espaço foi edificado, criado especialmente para acomodar o acervo recebido e doado pela família Queirós. Uma de suas diversões era fazer miniaturas com pequenos objetos, onde reproduzia cenas do campo: uma fazenda, uma floresta, uma praça de um lugarejo. Ele introduzia anjos, assombrações, bichos, o que nos remete aos contos de fadas e às histórias fantásticas que gostamos de ler.

Bartolomeu admirava as coisas bem-acabadas, limpas, bem-feitas, para todos. Sua literatura é assim: feita de versos enxutos, concentrados em substantivos e verbos. De parágrafos breves como um suspiro, com o essencial e o necessário para nos inebriar de alegria e de delicadeza. Textos que deixam falar a criança, como em "A fantasia nova do rei":

> E no meio do luxo, quando todos tinham
> a raiva travando as gargantas, a voz de um
> menino gritou, ferindo o silêncio:
> — Isso não é cortejo de rei. É bloco de
> Carnaval.
> O povo engoliu o susto. Menino está
> sempre mais perto da verdade.

Que o menino de cada leitor solte a sua voz com a leitura dos poemas e prosas de Bartolomeu. Afinal, é esse menino que nos faz duvidar, questionar, perguntar. É ele que nos traz o sonho, a brincadeira e a vida renovada, a cada fantasia nova do rei.

Ninfa Parreiras

NINFA PARREIRAS mora no Rio de Janeiro, mas, assim como Bartolomeu, também é mineira, de Itaúna. Formada em Letras e Psicologia, é mestre em Literatura Comparada pela Universidade de São Paulo. Desenvolve pesquisas na área de literatura para crianças e jovens. É autora de diversas obras em prosa e poesia, além de ensaios sobre literatura e psicanálise publicados em revistas, jornais e livros. Professora de literatura, psicanalista e consultora na área da leitura, foi uma das instituidoras da Associação Cultural Bartolomeu Campos de Queirós em 2012 e continua como colaboradora da Associação Cultural BCQ e do Centro Cultural BCQ.

MEMÓRIAS, CONTOS E ENSAIOS

SINGULAR DESCOBERTA DA ESCRITA

EU TINHA UM AVÔ por parte de pai chamado Joaquim Queiróz. Fui criado por ele durante certo tempo. Era seu neto preferido. Ele foi um cara que ganhou a sorte grande na loteria. Nunca mais trabalhou. Era um pensador; vivia na janela olhando o povo passar e observando a cidade, e escrevia nas paredes da casa tudo o que acontecia: as notícias do lugar, quem viajou, quem casou, quem morreu, um desastre, qualquer coisa. E foi nessas paredes que aprendi a ler. O meu primeiro livro foi a parede da casa do meu avô.

Eu perguntava para o meu avô: "Que palavra é essa? E aquela?" E ele ia me explicando, e eu, decifrando. O muro do quintal era meu, lá eu rabiscava com o carvão que sobrava do fogão a lenha. No muro da casa dele eu escrevia as coisas que ia aprendendo. Aprendi a ler assim. Meu avô me dizia que, com as 26 letras do alfabeto, podia-se escrever tudo o que se pensava. Eu achava muito pouca letra para escrever tudo. Estava sempre pensando uma palavra que não desse conta de escrever. Meu exercício de infância com as palavras era este: pensar uma palavra que não pudesse escrever. Até hoje acho que é essa a tentativa que faço na literatura: saber que a palavra não me esgota. A palavra nunca escreve tudo o que a emoção sente.

Meu avô por parte de mãe chamava-se Sebastião Brasileiro Fidélis Campos. Era homeopata e tinha um olho de vidro. Aquilo me intrigava muito: como ele tinha um olho de vidro? Para que servia? Ele era um cara mais sério, mais reflexivo. Andava só de terno branco de linho.

UM CARA QUE LIA TUDO

Minha mãe já era leitora voraz. Lia uns livros que circulavam naquela época, que eram da coleção Clone: *A cidadela*, *Mulheres de bronze*... Não tinha literatura infantil, e a gente nem se preocupava com isso. Tinha o livro da escola, mas não era livro literário. Eu lia o que sobrava em casa. Li até uma literatura dita "para adulto".

Sempre li tudo. Li a *Bíblia* quando ainda era bem pequeno. Lia os pedaços de jornais que meu pai trazia da cidade embrulhando alguma coisa. Interessava-me muito a leitura, e lia qualquer coisa que me caía na mão. A gente tinha essa liberdade. Não havia censura de leitura. Se você gostasse de alguma coisa, lia. Tinha uns livros de história americana que meu pai às vezes lia. Eram do Roosevelt.

Havia também os contos de fadas que chegavam da Europa. Na escola a professora lia, e a gente também. Mas não era uma literatura brasileira, era europeia. Só fui ler Monteiro Lobato muito tarde: quando já estava envolvido na literatura infantil e juvenil, detive-me na obra do Monteiro e comecei a me interessar por ela.

ALEGRIAS E RIGORES

Meu pai vivia mudando de um lugar para outro. Nasci em Papagaios, morei em Pará de Minas e em Pitangui, com meu avô. Depois nos mudamos para Bom Despacho. Fui estudar em Divinópolis, porque em Papagaios não tinha curso ginasial. Cinco anos interno no Colégio São Geraldo, que era francês.

Tinha muito amigo. Sempre fui sociável. No colégio era muito estudioso. Tirava sempre as notas mais altas da classe. Muito bem cercado, rodeado dos meninos, dos colegas... Toda a vida foi isso. Nunca tive problema de adaptação. O pessoal fala de colégio interno meio desconfiado... Tenho a maior saudade do tempo que passei interno. Foi um tempo muito feliz.

O ambiente era rigoroso. A disciplina, extremamente francesa. A gente saía aos domingos depois do almoço para passear na cidade. De uniforme. Recebia um dinheiro que o pai autorizava o colégio a dar para a gente ir à matinê, tomar sorvete... Lá pelas cinco da tarde voltávamos a tempo de jantar, no colégio. Saía uma vez por semana só quem tinha boa nota em "procedimento". Todo sábado havia uma hora cívica, quando eram lidas as notas da semana para ver quem conversou na sala de estudo, na fila, no dormitório, no refeitório. Era um tempo muito rigoroso. Uma disciplina braba, mesmo assim era muito feliz no colégio.

Tive aulas com o professor José Dias Lara, muito bom professor. O que sei de literatura devo a ele, a introdução que fazia de José Lins do Rego, José de Alencar... Ele analisava a obra muito entusiasmado. Era rigoroso nas leituras. Entrei no colégio lendo esse tipo de literatura. Com 11 anos, já lia Machado de Assis.

SONHO DE INFÂNCIA

Pensava que ia ser caminhoneiro como meu pai. Gostava muito de caminhão. Meu pai me ensinou a dirigir muito cedo. Botava almofada ou travesseiro em cima das pernas dele, me assentava e me entregava o volante do caminhão. Eu brincava com aquilo. Dirigi a vida inteira. Nunca soube de verdade quando aprendi porque era aquela coisa do meu pai comigo. Sentia um fascínio muito grande quando meu pai me levava para viajar. Gostava demais.

No entanto, na infância, escola me dava um medo danado. Porque minha mãe dizia que eu tinha que estudar muito, muito tempo, assistir às aulas, ser bom aluno, para nunca ser igual ao meu pai. E o que eu mais queria era ser igual a ele. Então, tinha um medo danado de a escola roubar de mim a vontade de ser meu pai. A escola para mim foi sempre um lugar meio perigoso. Depois mudei de cabeça.

HAVIA UM ARMÁRIO...

HAVIA UM ARMÁRIO encostado na parede da sala de aula. Com portas de vidro e fechadura grande guardava alguns livros. Eram reis, rainhas, fadas, bruxas vivendo em países de neves, primavera, maçã. Em cada mês um aluno era nomeado bibliotecário. Guardava a chave e um caderno *Avante* onde anotava os empréstimos dos livros, sem se esquecer ainda de polir as vitrines com jornal molhado. Era o nosso canto de leitura. O livro mais solicitado era aquele usado pela professora para apaziguar nossos corações no término de cada dia. Ah! Como era longe o dia seguinte e eternos os sábados e domingos!

    Era uma escola centrada no aluno. Tudo era feito para facilitar nosso presente, sem esquecer de falar do futuro. E dia a dia nossa curiosidade pelo mundo era amenizada. O mundo era grande naquela época. As notícias nos chegavam lentamente, entrecortadas, nos levando a costurá-las com paciência. Quando Pio XII morreu conhecemos Roma inteira, sem esquecer da fumaça branca anunciando o novo papa. Todos os estudos foram centrados no Vaticano, em São Pedro, na travessia do mar, nos mistérios do eterno. Fumaça igual à da chaminé da nossa casa quando na estação da chuva se queimava lenha verde. Cada um de nós era visto como inteiro.

    Significava carinho ir para a escola.

UMA VARANDA LONGA...

UMA VARANDA LONGA e larga contornava a casa. No canto, com vista para o lado de lá, uma cadeira de balanço, trançada em palhinha, era o lugar preferido pelo meu avô. Ali ele se assentava embalando com paciência o peso do tempo e do mundo. No portal de madeira de lei ficava o poleiro do papagaio. Verde e vermelho, ele parecia pintado à mão. Comia sementes de girassol e ameaçava pequenos voos preguiçosos como se com pesar de partir.

Eu parava perto do poleiro e pedia o seu pé. O papagaio passava para minha mão, subia pelo braço e, pousando no meu ombro, fazia de conta que mordia minha orelha, carinhosamente, ou beliscava os meus cabelos enquanto repetia:

— Catar piolho, meu louro, catar piolho.

Meu desejo era o de apertá-lo com a força do meu carinho e demonstrar com as mãos o meu encantamento de tê-lo como amigo para vencer a melancolia das tardes.

— Quem fez o papagaio assim tão bonito? — eu perguntava ao meu avô.

— Foi a natureza — ele respondia, com o olhar carregado de inveja pelo tamanho do meu amor.

— Natureza tem caixa de lápis de cor? — eu indagava, querendo saber mais sobre o nosso pássaro.

— Tem — respondia meu avô. — E serve tanto para colorir papagaio como também para riscar arco-íris no céu.

E eu ficava ali entre a tarde, o balanço do meu avô e a amizade de um papagaio que além de mim apreciava corações das sementes de girassol.

Quando ia para a escola, com o coração pesado de saudades da varanda, e a professora me mandava desenhar a bandeira, o meu desejo era de usar o verde para rabiscar muitos papagaios soltos no azul, cheios de ordem e progresso. Meu papagaio era a ave mais bonita que morava no mundo.

Certo dia meu avô me recomendou que papagaio não podia comer carne. Papagaio que come carne passa a comer os próprios pés, ele me repetia sempre. Agora, além de não beber água, meu pássaro era vegetariano. Esse requinte me encantava e me causava vontade de lhe dar uma isca de frango para testar a verdade de meu avô. Mas o meu amor, se era grande, tinha ainda imensa quantidade de medo de perder o amigo amado.

E em todas as tardes, entre o partir do dia e o chegar da noite, nós três amarrados em amor apreciávamos o mundo com seus mistérios e perguntas. Se muitas eram as dúvidas, o amor era nossa certeza.

Meu avô me contou, certa tarde, que a família dos papagaios era grande. Tinha as araras, os periquitos, as maritacas, sem poder esquecer os tucanos, parentes mais distantes, aves soberbas com bicos longos e mais ricos em cores, mas sem saberem falar a língua dos homens, como bem sabiam os papagaios. E as araras, os periquitos, as maritacas e os tucanos vivem em bandos como se em constante festa. Tinham uma alegria tão exagerada como as flores do girassol.

Mas os papagaios, resmungava o meu avô, sabem apreciar a solidão como os meninos em dia de chuva, presos nos quadrados das janelas. Os papagaios são capazes de quebrar o sossego apenas abrindo as asas, com a ilusão de estarem tocando o mundo de norte a sul. Nesses momentos eu não sabia se meu avô falava dele, de mim ou do papagaio pousado no meu ombro, coçando meus segredos.

Por tantas vezes, quando eu cismava estar o meu papagaio por demais em silêncio, eu perguntava ao meu avô:

— Vô, papagaio tem tristeza?

— Sim — ele me respondia.

— E como curar a tristeza de papagaio? — eu insistia.

— É só passar o dedo em sua cabeça, acariciando a sua memória, como eu faço comigo se os dias são muito longos e minhas penas, pesadas — ele me ensinava.

Assim, eu passava a coçar a cabeça do papagaio enquanto, mansamente, ele arrepiava as penas e abaixava, mais e mais, o seu pescoço com o peso leve do meu afago.

Certa tarde, com um céu prometendo chuva, senti o papagaio mudo e com meio olhar atravessando a varanda e pousando não sei onde. Meu avô, na cadeira de balanço, reparava os relâmpagos cortando o cinza, perto das serras. Incomodado com tamanho silêncio, eu travei conversa com o meu avô:

— Papagaio tem saudade? — perguntei.

— E muita, meu filho, muita. Todos que vivem um dia têm motivos para sentir saudade.

— Saudade de quê, meu avô? — indaguei.

— Saudade do que está ausente. Lembranças do ontem — ele me explicou.

— Que saudade nosso papagaio sente hoje? — continuei.

— Vou lhe dizer um segredo, meu neto. Nosso papagaio deve estar sentindo falta da ararinha-azul. É uma parenta sua que anda sumindo da terra. Dizem que é linda — continuou meu avô. — E cada dia mais rara. Poucas pessoas conhecem essas aves. Vivem amedrontadas, se alimentando de frutos do licuri, do milho, do pinhão e flores do sisal. Muito amorosas, elas se casam uma só vez e vivem com o namorado para sempre. É uma raça que cresce devagar. Põem apenas um ou dois ovos por ano. E os homens as caçam e vendem pela sua beleza. Daí as ararinhas-azuis estarem minguando na terra.

Meu carinho, naquela noite, pelo papagaio, ficou ainda maior. Queria dividir comigo a sua saudade. Tive vontade de colocá-lo na minha cama, debaixo de meus cobertores. Fazê-lo dormir profundamente para sonharmos juntos com as ararinhas-azuis voando pelo céu adentro.

E em cada tarde, daquele dia em diante, quando reparava em meu papagaio, meu desejo era de chorar com ele, me lembrando das ararinhas-azuis que eu não conhecia.

Cheguei a encontrar uma fotografia de uma ararinha em uma revista antiga. Pensei em recortá-la para colar perto do poleiro. Mas fotografia não fala, não tem cheiro nem movimento. Achei minha ideia boba e guardei a foto dentro do meu livro de história. E meu avô tudo presenciava, balançando com o mundo e a tarde na cadeira de balanço.

Passado algum tempo, quando levantei o braço para buscar meu papagaio para bem perto de mim, meu avô me disse:

— Tenho notícias novas para você. Chegaram pela manhã trazidas pelo rádio.

— E qual a novidade? — insisti aflito.

— É que as ararinhas-azuis vão passar pela cidade.

— Quando, meu avô? — perguntei curioso.
— Breve, muito em breve. Vão pousar na praça da Liberdade — ele falou.
— E que praça é essa? — indaguei.
— É uma praça linda, decorada com alamedas, flores, águas, árvores e barulhos de vento. Por ela voam muitos pássaros, cantando entre sombras e insetos. É uma praça antiga onde também os homens se reúnem com gritos e bandeiras para exigir os seus direitos. Todas as vezes que os homens se sentem ameaçados pela fome, pela falta de trabalho e pela liberdade perdida, é nessa praça que se reúnem para vigílias e esperas.

Havia chovido naquela noite e o dia amanheceu lavado. A luz do sol parecia visitar o mundo pela primeira vez. O tempo era claro e nítido como o silêncio. Chegamos à praça contentes como meninos em tarde de mudança e rua nova. E a alegria pontuava cada canto do espaço com a claridade do mês de maio.

Um convívio amável amarrava os encontros da praça. A vegetação crescia acostumada com o voo inquieto dos pássaros construindo seus ninhos entre segredos e folhas. Seus cantos travavam duetos com as cigarras de asas transparentes como vidro. E todos viviam em claridade. Era possível perceber que com o nascer do dia todos se assanhavam para depois se recolherem no crepúsculo. A luz era o relógio.

O verde brotava em tantos tons como também pouco maduras eram nossas emoções. Havia momentos em que era impossível distinguir se eram flores ou borboletas que circulavam entre fontes, caminhos e sustos.

Meu avô me conduzia pela mão, enquanto o papagaio, de cima do meu ombro e com o coração em suspenso, olhava com todo o corpo para essa intensa primavera. Para acalmá-lo, de tempo em tempo, era preciso acariciar suas cores com leveza de penas, paciência e cuidado.

De repente, um barulho de asas riscou o céu da praça. Pareciam pequenos retalhos de azul rasgados do infinito sobre nossas cabeças e pensamentos. Tudo ficou mudo, assombrado diante de imensa beleza. Eram as ararinhas-azuis pousando na Praça da Liberdade para reclamar liberdade.

A mão de meu avô me apertou com mais força, obedecendo ao coração. Nenhuma palavra se fazia necessária nesse momento de ternura entre homens e aves. Só o fato de estarmos juntos para contemplar tamanho mistério era suficiente. Olhei de lado para o papagaio no meu ombro e ele beliscou minha orelha e continuou imóvel em alegria para receber seus parentes depois de tanta ausência.

Minha vontade era de ver meu papagaio, movido por tamanha sedução, voar com o bando de ararinhas pela praça para em seguida ganhar o mundo. E que ao invés de pedir o pé reclamasse também por liberdade. Mas a alegria do momento mais nos aproximava e passamos a ser cúmplices de tamanha fascinação.

Hoje, quando a tarde chega à varanda da casa do meu avô, nós nos olhamos sem dizer nada. E nossa felicidade de ter conhecido, mesmo por um só dia, as ararinhas-azuis, toma conta de nossa noite, dos nossos sonhos e do resto de nossos dias. Eu estendo a mão e meu papagaio repete:

— Saudades da ararinha-azul, saudades...

DO MEU TEMPO DE MENINO

DO MEU TEMPO DE MENINO, eu trago pouca lembrança. A vida foi me apertando de tal jeito, entreguei-me a tão absorvente tipo de trabalho, que quase não me dá tempo de evocar o menino que eu era. (Tanto eu vivo com os meninos que são.)

Não era um tempo bom (se me lembro da infância com saudade, é porque já passou, e vejo as situações como adulto). A vida era dura. Eu tinha uma raiva danada de ter que aprender a escrever. A professora dizia que o "o" era uma bolinha e o "a" era uma bolinha com rabinho. Eu enchia páginas e páginas de caderno, com fileiras de bolas com e sem rabinhos. Ficava pensando como se chamariam aquelas letras torcidinhas que o meu nome tinha, e os respectivos apelidos. A professora (para facilitar) apelidava tudo, até os números: o "um" era um pauzinho, o "dois" um patinho, o "três" uma cobrinha, o "quatro" uma cadeira de pernas para cima.

Fazer bolinhas, cadeiras ou cobrinhas não era boa ocupação para aquele meu tempo.

Eram outros, os nossos pensamentos. (Digo nossos porque minha rua era cheia de meninos, e o mundo não tinha as dimensões que hoje acredito ter.)

Uma das ocupações que nós, os meninos, tínhamos ainda agora me perturba (por me parecer estranha ou absurda).

Correu uma conversa que engolindo-se piabas vivas aprendia-se a nadar. A meninada ia em bando para beira do córrego, com peneira e latas. Passávamos o dia engolindo piabas vivinhas. Voltava-se para casa com os pés e as mãos enrugados de tanto ficar dentro d'água, levava-se uma surra. Muito tempo eu peguei e engoli piabas e até hoje não aprendi a nadar.

Outra lembrança minha, deste mesmo tempo, era o catecismo de domingo que passei a frequentar. E veio uma crise religiosa. Eu queria ser padre. Cheguei a ajudar na missa (celebrava-se também em casa). Balancei turíbulo em bênçãos do Santíssimo e comi cartuchos dos anjos no mês de maio.

Mas para ser padre eu encontrava inconvenientes: tinha medo de defunto e padre não podia casar. Esperei que ficando grande passariam tais inconvenientes. Hoje não tenho medo de defunto, não sou casado (nem sou padre).

Quando já lia e escrevia, passava os dias trepado nas árvores decorando pontos (naquele tempo usava-se passar ponto no quadro).

"O Brasil foi descoberto por Pedro Álvares Cabral. No ano de 1500. Quem celebrou a primeira missa foi frei Henrique Coimbra. Colombo tinha três naus (não entendia bem por que naus em lugar de navios), cheias de tripulantes. Elas se chamavam Santa Maria, Pinta e Nina." (Modéstia à parte, a professora me elogiava. Eu decorava com uma facilidade... Mas só vim a entender a coisa mais tarde...)

Ganhei um cabrito. Ele tinha um cabresto, com o nome "Turbante" gravado no couro. Turbante era o nome do meu cabrito que eu amarrava o dia inteiro no pé da árvore, sem lhe dar comida. Quando era tardinha, eu apanhava uns ramos verdes e soltava o Turbante: ele corria atrás de mim para conseguir os ramos, e nós brincávamos de tourada. Chegamos a dar tanto trabalho que o levaram embora.

Qualquer atitude minha que ia contra algum menino da turma, era a primeira coisa que eu ouvia: "Beijou a Vera debaixo da mesa". Aí o negócio ficava entre pedras e pescoções.

Eu não me lembro do fato, mas que ele era pé de briga, era.

As inimizades duravam pouco. Qualquer um logo propunha a paz!

Tanta coisa aconteceu comigo menino...

Mas são estas tantas e tão importantes coisas daquele tempo que justificam as tantas coisas que eu vejo menino fazendo agora.

(Você também foi menino?)

UMA DEFINITIVA PRESENÇA*

ELA ENTRAVA NA ESCOLA abraçando os nossos cadernos *Avante*. (A sala tinha cheiro de roupa lavada. Tudo limpo como água de mina e o mundo ficava mudo para escutá-la. Sobre a sua mesa pousava uma jarra sempre com flores do mato que os alunos colhiam pelo caminho.) Ao abraçar os cadernos, era como se a professora me apertasse sobre o seu coração, perdoando, com antecedência, os meus erros e acertos. Eu ainda não lia ou escrevia de "carreirinha". Mas seu olhar foi o meu primeiro livro! Ela me acariciava com seus olhos e derramava sobre mim uma luz mansa de luar, capaz de alvejar meu desejo obscuro de aprender. Seus olhos me permitiam a liberdade. Sua presença inteira me trazia uma paz azul e uma certeza de que o futuro era possível.

 É que dona Maria Campos levava nossas composições, ditados, cópias, para corrigir em casa. Eu morria de inveja do meu caderno por saber que ele conhecia onde a professora vivia. Seu lápis, metade azul e metade vermelho, bordava

---

* Texto publicado em *Sobre ler, escrever e outros diálogos* (São Paulo: Global Editora, 2019. p. 35-37); com sua publicação original em *Na ponta do lápis* (São Paulo: Centro de Estudos e Pesquisas em Educação, Cultura e Ação Comunitária, n. 2, p. 6-7, ago./set. 2005).

em nossos trabalhos as notas que iam de 0 a 10. E trazia sempre uma observação: "muito bom", "parabéns", "ótimo", "mais atenção", "é preciso estudar mais". Eu recebia meu caderno com o coração descontrolado. Parecia que uma borboleta tinha vindo morar em meu peito. Tinha medo de não corresponder aos seus ensinamentos. Não queria que a professora deixasse de me amar.

E como dona Maria Campos sabia! Para tudo ela tinha uma resposta ou outra pergunta na ponta da língua. Dava aulas como se estivesse recitando uma poesia feita de água, névoa ou nuvem. Eu achava minha professora mais bonita que os poemas. E não era difícil decorar os versos e repeti-los depois, no escuro do meu quarto. Guardava tudo de cor sem esforço.

E quando ela pegava no giz branco e passava o ponto, no quadro-negro, eu mordia a ponta da língua esforçando-me para imitar sua escrita. Ela fazia as letras tão bonitas que não me bastava apenas copiar: eu desejava aprender também a sua letra. E como me emocionavam aqueles "as" redondinhos, aqueles "emes" como cobrinhas, aqueles "eles" como orelhas de coelho espantado.

Em meus momentos de calma eu enchia páginas e páginas com seu nome, o nome de minha mãe, de meu pai, de minha escola. Era minha maneira de ter sempre a dona Maria Campos ao meu lado.

E quando escolhido para passar o ditado no quadro, para os colegas corrigirem o deles, mais eu caprichava na letra.

O difícil era o quadro não ter linha, pois seguir em linha reta, sem estrada, dependia também do olhar. Mas para alegrar a professora toda dificuldade era pouca. Se ela me elogiava, eu baixava a cabeça. Por fora muita vergonha e por dentro um herói.

Nas horas de leitura em voz alta eu não media esforços. Cada menino lia um pedaço. E a professora escolhia alternado. Ninguém sabia sua hora. Eu acompanhava as linhas do livro com o dedo. Cheio de medo e desejo esperava minha vez. Lia devagar cada palavra, obedecendo à pontuação, controlando o fôlego. Dona Maria Campos dizia que nas vírgulas a gente respirava e no ponto-final dava uma paradinha.

Mas o melhor era quando ela nos mandava guardar os objetos. A gente fechava o caderno, guardava o lápis e a borracha dentro do estojo e esperava com os braços cruzados sobre a carteira. Assim, ela continuava mais um pedaço da história. Parecia com a Sant'Ana da capela com o livro no colo. Eu não acreditava que podia existir outro céu além da nossa sala de aula.

Ficava intrigado como num livro tão pequeno cabia tanta história, tanta viagem, tanto encanto. O mundo ficava maior e minha vontade era não morrer nunca para conhecer o mundo inteiro e saber muito, como a professora sabia. O livro me abria caminhos, me ensinava a escolher o destino.

Eu pedia o livro emprestado, depois que a dona Maria terminava. Levava para casa e brincava de escola com meus irmãos menores. Assentava com o livro, com pose de professor, e lia para eles. Era difícil guardar tanta beleza só para mim. Não sei se gostavam da leitura ou se imaginavam, um dia, serem alunos da minha escola.

Meu pai, assentado na escada da casa, prestava atenção na minha leitura, de maneira despistada. De noite, antes de dormir, curioso, ele queria que eu adiantasse um pouco mais da história. Mas eu não contava. Sabia que imaginar fazia parte da leitura.

O PRIMEIRO LIVRO QUE LI FOI O "PAPEL ROXO DA MAÇÃ"

O PRIMEIRO LIVRO que li foi o "papel roxo da maçã". Meu pai viajava e trazia maçãs embrulhadas em papel fino, frio, roxo e muito perfumado. Maçã era coisa rara naquele tempo. Era presente que se oferecia no Natal, aos doentes ou aos meninos que procediam bem durante a ausência do pai. Então nós, seis irmãos, colocávamos o papel entre a fronha e o travesseiro. Durante as noites eu lia no cheiro do papel que existia outra terra. Lia que o mundo não terminava no alto da serra. Sentia a certeza de que havia outro lugar onde maçã se chamava *manzana*. Vocês podem notar que livro era coisa pouco conhecida por mim.

Minha escola era simples. Naquela época, muitos professores só tinham o terceiro ano primário, mas os alunos podiam chegar até o quarto ano. Acho que o conceito de educar para os professores da minha infância era o de levar o aluno para além deles. Conceito que o desenvolvimento engoliu e não substituiu. Não tinha biblioteca em minha escola. Como já disse, era uma escola muito simples: um quadro-negro, uma talha com água fresca, uma vassoura perto da porta, uma jarra com flores sobre uma toalha de ponto de cruz, na mesa da professora. E mais que isto, havia um prazer imenso que se desenhava no rosto de cada menino. Sei que não gostávamos de sábados e domingos. Não tinha escola...

No fim de cada aula a professora mandava a gente guardar os objetos. Então, com os braços cruzados sobre as carteiras escutávamos mais um pedaço da história que ela lia com a voz mais linda do mundo. Se velho ou novo, não importava, queríamos o livro emprestado para reler. Esperávamos ansiosos cada aula, cada fim de livro, cada início de outro. Estou sendo nostálgico? Esta professora simples não pedia para a gente fazer ficha dos personagens das histórias, não mandava desenhar pedacinhos que a gente mais gostou, não fazia ditado ou dramatização. Um livro terminado só servia para começar outro. A gente gostar da história era suficiente para ela. Livro passou a ser para mim um objeto importante: eu vivia ali, mas podia estar lá.

Em minha casa não tinha muitos livros. O meu pai possuía alguns poucos compêndios que contavam a vida de homens importantes, mas ele dizia que só mais tarde nós daríamos conta de ler. Eu soletrava pedaços de jornais velhos que chegavam embrulhando coisas que não havia no interior.

Minha mãe — mulher dada às notícias — contava de terras onde existiam aves mais bonitas que as galinhas que ela pintava. E quando a noite chegava o rádio confirmava: havia um lugar onde as pessoas tinham o direito de nascer, ter até mãe preta chamada Dolores, ser médico como o Albertinho Limonta. Tudo ajudava a gente a querer saber. E o livro falava.

Minha mãe — eu disse que falaria dela, isso talvez por um livro que ando terminando — possuía uma certa irreverência. Em dias difíceis, quando a carne já era cara, ela fritava ovo e colocava sobre o arroz branco, cercado de chuchu verdinho ou couve. Ela dizia: se você misturar a gema no arroz ele vira ouro e você poderá construir a bandeira do Brasil. O chuchu verdinho — as matas; o arroz com gema — o ouro; o azul do prato esmaltado — o céu. Você pode até aproveitar uma tira da clara e fazer a faixa de Ordem e Progresso. Meu primeiro desenho foi a bandeira nacional que minha mãe me ensinou a comer, deliciosamente. Até hoje, quando a orfandade ou a pátria pesam, eu repito o cardápio.

Nunca pensei em ser escritor mesmo estando sempre encantado com as leituras e as palavras. Morei fora do país, num lugar frio onde grande parte das crianças se chamava Pierre. Eu passava os sábados e domingos comigo mesmo e repetindo as mesmas saudades: da minha terra, do meu quarto, da minha rua, dos meus amigos, da minha couve, do meu chuchu. Um dia eu disse para mim: ô cara, ou você inventa uma história para você e que você não conhece ainda, ou você fica doido. Ideia fixa faz mal.

Escrevi *O peixe e o pássaro*. Quando voltei ao Brasil mandei o texto para um concurso e ganhei o primeiro lugar. Se eu já tinha tomado gosto pela escrita, o prêmio confirmou que meu trabalho "não fora em vão". Eu tinha outras coisas já guardadas. Gaveta é muito importante para mim. Para escrever eu preciso ter gaveta e não ter ansiedade de publicação. Ter paciência para deixar o texto dormir e muito tempo. Então puxar a gaveta e reler. O tempo aguça o espírito crítico de forma surpreendente.

Em Belo Horizonte, tive o privilégio de conviver com Henriqueta Lisboa, espírito refinado, ser capaz de viver em poesia, conhecedora sensível do mundo das palavras que servem para apelidar aquilo que em realidade é bem maior que o nome dado. Escrever passou a ser, para mim, o conter, o cortar, reduzir. Escrever sem explicitar o imaginário, mas deixá-lo entre o dia e a noite — em alvorada ou crepúsculo.

Assim, meu trabalho vai se configurando como uma prosa poética, para os críticos. De fato eu gosto muito da poesia. Essa emoção suspensa que paira sem se explicar, que, se suspensa, não cai por terra e ao mesmo tempo não nos afasta da terra. Assim vou. Tenho sido aceito pelas crianças, dado algumas entrevistas, visitado algumas escolas não como brinde de editora, mas por gostar de criança. Elas são capazes de me rejuvenescer pela curiosidade, objetividade, sinceridade. Chego a acreditar que é preciso possuir a infância como espaço reencontrado para estar bem com elas. Não quero nunca fazer literatura *para* crianças. Quero uma literatura *pela* minha criança, pela infância que resiste em mim.

AS FOLHAS DO MEU PRIMEIRO LIVRO

AS FOLHAS DO MEU PRIMEIRO livro foram as paredes da casa do meu avô. Ele lia a cidade, suas ruas e suas conversas, e escrevia nas paredes.

Admirado com a beleza de sua letra e curioso, eu queria saber o que escondiam. Buscava decifrar aqueles sinais que se repetiam, que se abraçavam e se distanciavam. Comecei a indagar de meu avô que palavra era esta e que palavra era aquela. Ele soletrava devagar e mais escrevia. Aos poucos fui sabendo das viagens, dos casamentos, das mortes, das chegadas e partidas dos habitantes e outros pequenos recados sobre a vida.

As folhas do meu primeiro caderno foram os muros da casa do meu avô. Com carvão, eu o imitava, rabiscando palavras soltas. Puxava bem uma perna no "o" e virava "a", levantava alto a volta do "l" para virar um chicote e fazia montanhas com as curvas do "m". De repente eu sabia ler e escrever sem espantar meu avô que virou professor sem perceber. Lia as paredes e escrevia nos muros.

Entrei para a escola e ganhei o *Livro de Lili*. Sabia ler de carreirinha que Lili olhava para mim e me contava que gostava muito de doce. Depois, numa outra lição, Lili me contou que tocava piano: Dó, Ré, Mi, Fá. Eu frequentava aulas de violino e sabia, como Lili, ler as notas com sustenidos e bemóis. Fiquei vaidoso de conhecer a menina que tinha uma meia furada.

Dona Maria Campos foi minha primeira professora. Para agradá-la, e ser mais amado, eu fazia de conta que não sabia. Por ser o mais adiantado da classe, todos os dias ela me deixava levar seus cadernos até sua casa. E ao chegar as grandes férias, meu coração era cheio só de saudades da escola. Para enganar a saudade, lia os poucos livros que havia em minha casa. Romances de amor de minha mãe e restos de jornais que chegavam embrulhando o que faltava.

No curso ginasial, interno, José Dias Lara, professor de Literatura, nos recomendava Machado de Assis, José Lins do Rego, José de Alencar. Comentava a qualidade das escritas, as nuances dos estilos e nos estimulava a ler sempre. Ganhei gosto pela leitura. As tramas das escrituras me encantavam, as poesias me emocionavam. Por ter sido assim, mais eu apreciava as palavras e suas possibilidades, tanto de narrar o mundo como de reinventar os seus avessos.

Hoje, todo livro literário me alfabetiza.

NUNCA ME ASSENTEI EM MEU ESCRITÓRIO...

NUNCA ME ASSENTEI em meu escritório com o propósito de escrever para crianças. Faço o melhor de mim procurando, com estilo, frases breves, pensamentos contidos para a entrada do leitor. Isso não vulgariza nenhuma escrita, creio. Essa coisa de escrever para criança me amedronta. Existe qualquer coisa de prepotente nessa frase. Parece que os adultos podem ditar normas para as crianças crescerem. Parece que sabem o que deve ser feito para ser um adulto realizado, somos proprietários do caminho perfeito para a felicidade.

Em meu trabalho, falo de minhas faltas. Escrevo o desejo sonhado, nem sempre realizado. Aliás, eu não tenho nenhum interesse em concretizar desejos. Manter-me como um ser desejoso é suficiente. Depois, eu não me outorgo o direito de escrever para crianças. Sou um adulto cheio de desencontros, perdas, lutas, faltas, angústias e o lugar que ocupo não deve servir de exemplo. Escrevo para que o leitor não repita o meu caminho.

Henriqueta Lisboa, grande poetisa mineira, foi a minha primeira leitora. Além de poeta, era grande ensaísta e professora de literatura hispano-americana. Ela me dizia sempre que a natureza era muito sábia. Dividida em estações, com ritmos para florações e colheitas, com tempo e luas, com dias e noites. Ela me afirmava que a natureza, com a sua requintada sabedoria, nunca fez um rio para criança e outro para adulto; nunca fez um sol para criança e outro para adulto; nunca fez uma primavera para criança e outra para adulto. Existe, pois, apenas uma literatura. Essa divisão em adulta e infantil não lhe parecia inteligente. A beleza, objeto primeiro da arte, tem que ser propícia a todos.

Isto me marcou muito. Quero sempre construir um texto para diferentes leitores. Para isso a metáfora tem a sua função. Quero um texto que, se lido pela criança, deve também encantar o adulto. A não ser que a infância do adulto esteja irremediavelmente perdida. Nisto eu não acredito. A vida é feita de um só fio — do nascimento à morte. Fico feliz quando vejo meu livro na mão de uma criança e sendo usado nos cursos de estatísticas das universidades. O *Por parte de pai*, livro muito lido pelas crianças, é também bibliografia para as provas de doutorado da Universidade de Minas Gerais. Isso me torna vaidoso. Sei que não estou oferecendo às crianças textos que suportam uma análise literária.

Tenho leituras propícias às crianças menores, onde brinco com as palavras. Tenho *Correspondência*, livro feito por encomenda do Estado que é usado nas primeiras séries do primeiro grau[*] e nas faculdades de Direito.

É justamente essa possibilidade inesgotável de usar as palavras, de lidar com os seus deslocamentos, de poder dizer e esconder, transformando o leitor em escritor, que torna inquestionável o prazer de escrever.

---

[*] As primeiras séries do primeiro grau, atualmente, equivalem-se aos anos iniciais do Ensino Fundamental.

HOJE, ISENTO DE TODAS AS EMOÇÕES...

HOJE, ISENTO DE TODAS as emoções, reconstruo as coisas que eu quis bem: meu vaga-lume preso no vidro, meu carro de boi que só eu sabia cantar o seu peso, minhas vigias às estrelas que caíam...

Reconstruo também o meu crescimento... O abandono às conversas com os meus cavalinhos de manga verde, as brigas com as bananeiras ou ainda minhas visitas ao menino imaginário que morava debaixo da mesa da varanda. Da mesma varanda cheia de espaço, e que hoje, como eu, parece isenta de todas as emoções.

Descobri depois que, no mundo povoado de brinquedos e sombras, existiam outros meninos que, como eu, conversavam sozinhos e construíam fantasias semelhantes às minhas.

Juntei-me a eles. Corremos por sobre estradas que pareciam chegar ao céu... Pensamos sobre os tesouros... Tesouros que existem e nunca descobrimos... Contamos estrelas... Ficamos intrigados.

Foi dentro do meu crescimento que conheci uma menina mansa que se chamava Felicidade. Cheguei já, anteriormente, a escrever sobre a graça da sua presença. Felicidade passou breve porque crescemos breve.

Nunca, em nossos encontros, tentamos uma corrida para saber e definir qual o vencedor, nem paramos para contar estrelas... Quietávamos, às vezes, para contar histórias sobre estrelas... Escolhíamos a do canto do céu, a que parecia mais exata e constante no seu lugar... Por muitas vezes, saíamos, de pensamentos dados, para qualquer lugar. Não sabíamos distâncias... Felicidade me contagiou, e nós éramos felizes aqui, ou nas estradas que sabíamos não alcançar o céu.

Não sei por onde anda hoje a minha menina Felicidade. Nem sei também se passará novamente. Mas nesta manhã de sábado sinto a sua presença: o azul do céu é o azul da Felicidade.

Quando penso na sua existência, fico intrigado, como uma criaturinha tão mansa como a Felicidade passa e deixa tão cheio de sol o meu quarto, onde sou vaga-lume de faróis cansados, com a cara colada na vidraça.

Reformulo o meu pensamento: hoje, isento de todas as emoções, reconstruo as coisas que eu quero bem...

A FANTASIA NOVA DO REI

QUANDO EU CONTO esta história, muitos dizem que ela só existe em minha imaginação. Mas posso jurar, por todos os santos, que não estou falando mentira. Existem realidades tão fantásticas que todos duvidam.

    O mundo é muito vasto e havia uma terra tão longe, mas tão longe desse mundo, que só o pensamento alcançava. Mesmo o tempo, que está presente em tudo, fazia um esforço imenso para chegar até lá. Mas o lugar era de uma beleza surpreendente. De um lado, cercado de praias com areias mais brancas que o susto. No céu conviviam um sol de ouro com uma lua de prata. E as estrelas pontuavam o escuro com vírgulas de diamantes. Do outro lado, em seus longos rios de águas profundas, parecendo vidro derretido, nadavam peixes que ninguém jamais seria capaz de decorar todos os seus nomes. E tantos eram os rios que até os mares agradeciam a essa terra por enchê-los e torná-los transbordantes.

    Em suas florestas, as maiores em extensão e riqueza, voavam passarinhos piando os mais belos trinados. Os animais viviam sem ameaças, entre o verde ou sobre as sombras dos galhos na terra. E as árvores cresciam sem medo, filtrando os ares e conversando com o azul. E seus frutos, diziam ser os mais saborosos. Se desconhecemos seus sabores, muito menos os seus nomes. Só encantos povoavam aquele lugar. As flores, era impossível descrevê-las em seus perfumes e cores. E no interior da terra moravam minas repletas de cobiçados tesouros.

Mas se bela era a terra, seus habitantes viviam tristes. Recebiam notícias de outros lugares com generosos reis. Uma família real com olhar doce sobre o povo. Daí sonharem um castelo, com um soberano bondoso, uma rainha capaz de amá-los, e muitos príncipes, que herdariam do rei a justiça, a tolerância, o respeito. E todos viveriam com eles nas ruas, nas escolas, nos jogos, e principalmente falando a mesma língua. Queriam um rei capaz de criar escolas, hospitais, habitações, estradas, teatros, bibliotecas. E mais, que unisse todos em volta da igualdade. Esse povo triste formaria uma grande comunidade em que todos trabalhariam para todos e o resto do mundo invejaria a sua Paz.

Viver num reino com ministros aconselhando o rei, senadores dando ideias grandiosas, deputados falando em nome dos súditos, era o que mais sonhavam. Estavam cansados de ser escravos da vaidade de alguns que, sem seu rei, se mentiam poderosos, prometendo felicidade, sem juros e mais nada, desde que os escravos realizassem suas vaidades.

Mas o rei não nascia. O povo esperava, pensava, sonhava, desejava, rezava, e nada de o rei nascer. Passavam dias, meses, anos, décadas, séculos sem notícias do seu nascimento. E os moradores cumpriam novenas, procissões, jejuns, mas não eram atendidos em suas súplicas.

Um dia, sem paciência para mais esperar, com a esperança chegando ao fim, fizeram um pacto: o primeiro menino que nascer naquela terra em noite de lua nova será nosso rei. E assim foi.

Na manhã seguinte, circulava de boca em boca a boa-nova. Numa casa, à esquerda da rua Direita, numa casa simples, um menino havia dado seu primeiro choro. Todos compreenderam o seu choro como de alegria por ser o enviado dos céus. Nascia para cumprir a vontade dos habitantes, que pediram, durante muitos sóis, um rei para banir os que promoviam as desigualdades, assaltavam as despensas, exigiam propinas, compravam a boa-fé de um povo manso. Mas o menino não sabia que seria rei.

A esperança voltou a morar no coração dos habitantes. Agora a terra está perfeita e nossa felicidade completa, cismavam. Ele vai crescer cheio de honestidade, amor, fraternidade e será coroado com coroa da humildade.

As tecedeiras nos teares faziam as mais belas tramas para bem vestir o imperador menino. Com luz de vela, lamparina, lampião, todas as mulheres trabalhavam com alegria. E se precisavam de linha de seda pediam às aranhas, se o ouro fosse necessário, ganhavam dos garimpeiros. Todos olhavam para o menino como salvador, aquele que governaria para fazer do lugar um exemplo de ordem e progresso. E o pequeno passou, assim aos poucos, a acreditar que era mesmo rei.

Mas na medida em que o futuro rei crescia, ele passou a ser acompanhado, envolvido, mimado, por alguns súditos preguiçosos, que se mostravam felizes em estar apenas à sombra do rei, elogiando os seus caprichos primários. Tudo o que ele pensava, os falsos amigos faziam virar notícias. Eles carregavam o medo de o menino não ser proclamado rei e de perderem seus privilégios. Se o reizinho sorria, diziam que gargalhava; se tossia, diziam estar com pneumonia; se andava, diziam que desfilava; se falava, diziam que pronunciava; se comia, diziam que banqueteava. E tudo que ambicionavam eles sopravam, com astúcia, no ouvido do imperador inventado.

    E as tecedeiras mais plantavam algodão, mais finos eram os fios, mais coloridas as tinturas. E os homens nada mais faziam que preparar a terra para o plantio. Tudo para cozerem mais roupas para o rei. E cada dia, mais belas eram suas vestimentas. As escolas formavam bordadeiras, banqueteiras, servos, mordomos, criados, serviçais, motoristas, secretários, camareiras, fiscais que pouco sabiam ler e escrever. Seus professores eram orientados por uma equipe que se escondia sob o manto de um rei, que nascera do lado esquerdo da rua Direita e agora vivia no meio. Muitos exigiam dos habitantes deveres sem o rei saber. E os mantos, cada dia mais longos, necessitavam de muitos falsos amigos para carregar seu peso quando o futuro rei desejava conhecer as fronteiras do grande império. Nestas visitas, os amigos do rei o cercavam impedindo-o de ver como eram pobres seus súditos e quanto trabalho ele teria pela frente.

    Para impressionar a população, eles, os que se diziam amigos do rei, mas não eram amigos de ninguém, colocavam em sua boca palavras que os habitantes queriam ouvir: educação, saúde, moradia, emprego, segurança. Assim, aos poucos, o povo acreditava que de fato — mesmo debaixo de tanta ostentação — ali reinava um verdadeiro rei.

    E mais trajes reais eram confeccionados pelas fiandeiras. Todos queriam que sua majestade fosse tão bonita quanto a natureza em que moravam. Mas os amigos do rei criaram outras necessidades: se havia rei, era preciso um palácio.

E perto do palácio, outros pequenos castelos abrigariam os conselheiros do rei, os ajudantes do rei, a guarda do rei. E todos os habitantes do lugar passaram a construir luxuosos monumentos.

Edificaram palácios, assembleias, congressos, câmaras, igrejas, torres e muitos jardins para o rei passear com sua corte, enquanto refletia sobre o que poderia ser feito para aquele povo bondoso, cercado de pobreza e fome. Mas a fome, suspeitavam os amigos do rei, precisava de pouca coisa: só de esperança.

Mas para cada passeio, o futuro rei precisava de uma nova roupa, diziam os amigos próximos. Seus conselheiros, e demais membros da corte, passaram também a pedir roupas mais bonitas para estarem perto do rei. E o povo mais trabalhava. Os teares não dormiam, os campos cheios de algodão e muitos tachos ferviam os fios das rocas. E durante as noites, o único barulho era o das tesouras cortando tecidos, o das agulhas furando os tecidos.

Um dia anunciaram que o menino já não era menino. Chegou, enfim, o dia de sua coroação. Nunca houve festa igual. Filas de bandeiras tremiam nos mastros, bandas de música marchavam, fogos de artifício e gente, muita gente gritando, batendo palmas, dançando. E quando a chuva caiu, não acabou a festa. Todos acreditaram que um novo mundo ia brotar.

Ninguém desconfiava que no dia seguinte eles não teriam nada para comer nem para vestir. Plantaram tanto, teceram tanto, construíram tantos palácios e jardins, encheram tanto os corações de esperanças que na manhã seguinte só o vazio restava. Acordaram tristes pensando que haviam escolhido o rei errado. Pensaram em procurá-lo para se desfazerem do engano. Mas tudo em vão.

Os nobres, para não serem incomodados, e desejando que o rei escutasse somente a eles, mandaram construir grandes cercas em torno dos palácios e criaram muitos exércitos para proteger seu reino. Outras vezes, o povo se debruçava nas grades querendo ver o rei, mas ele não aparecia. Mandava um ministro anunciar que suas roupas estavam velhas e precisava de novos mantos, outros sapatos, mais coroas, pois um rei tem que ser rei. E aconselhavam os mais aflitos: se o assunto é urgente, primeiro tem que marcar audiência, falar com secretários, assessores, ministros, mandar ofícios, para ver se era mesmo importante chegar até o rei.

Aos poucos o povo foi ficando sem vontade de tecer, fiar, costurar, bordar. Ao perceber o desânimo dos súditos, o rei, com seus conselheiros, começou a criar leis, obrigando o povo a pagar até pelo que eles pensavam. E todos, naquela bela terra, procuravam não pensar. E tanto trabalhavam que nem percebiam que a felicidade havia deixado por completo aqueles que viviam fora das grades e eram, em verdade, os donos de tudo.

Um dia, sentindo-se em perigo pela indiferença dos homens, mulheres e crianças, o rei convocou os súditos. Iria dar uma boa notícia aos seus filhos. Fazendo-se de pai poderia melhor convencê-los a mais obedecer. Todos foram para as alamedas dos jardins do palácio, com o rosto cansado, mas dispostos a escutar. Esperavam que o rei tivesse caído em si.

O grande poderoso saiu pela porta de seu palácio de mármore, seguido de um cortejo infindável. Nunca se viu tantas cores, tantos mantos, tantas coroas, tantos chapéus, e tantos soldados para protegê-los, distribuídos em tantas alas. Desfilavam ao som de músicas, fotos, sinos e estandartes. O povo, em denso silêncio, via a passagem do séquito vestido com a riqueza do seu trabalho, com a força de sua economia, com a ilusão de suas esperanças.

E no meio do luxo, quando todos tinham a raiva travando as gargantas, a voz de um menino gritou, ferindo o silêncio:

— Isso não é cortejo de rei. É bloco de Carnaval.

O povo engoliu o susto. Menino está sempre mais perto da verdade. Mas à medida que o desfile seguia, todos iam abandonando as arquibancadas, retirando-se desiludidos para suas casas e repetindo em surdina:

— É Carnaval.

ZOROASTRO

ZOROASTRO, BACHAREL EM DIREITO, cheio de juízos, prestava serviço na Secretaria da Fazenda. Com cinco quinquênios, equivalentes a trinta anos de incansáveis trabalhos, cuidava com exemplar desvelo de um livro de leis, gasto pelo excesso de uso em certas páginas. Suas três gavetas com chave, em uma escrivaninha de canto, permitia-lhe guardar os papéis e uma visão panorâmica da ampla repartição. Mesmo tendo conquistado privilégios, pela antiguidade no cargo de assessor, só entrava em gozo de férias em períodos regulamentares. Então revisitava Poços de Caldas, Caxambu, Araxá.

Solitário e solteiro, transitava de um canto a outro da sala, como se refletindo sobre os destinos das finanças do Governo. Com olhar severo, lábios trancados sob um bigode bem aparado, mãos cerradas nos bolsos, segurando o nada, Zoroastro encarava os outros colegas, amontoados aguardando a aposentadoria, como se os acusando de tudo.

Sua camisa Volta ao Mundo combinava com os seus ternos de tergal, que não amarrotavam, só perdiam o vinco, entre o cinza e o verde-musgo. As gravatas, essas eram coloridas, numa média de seis, alegrando um peito largo de quem serviu o Tiro de Guerra na juventude. Meias Lupo, sapato Clark, chapéu Prada cobrindo sua calvície estagnada. A aplicação constante do óleo Atalaia não deixava fora do lugar um fio dos cabelos, pintados de um acaju dourado, penteados, deixando o topo da cabeça como se debaixo de um caramanchão. E tudo somado lhe emprestava um certo ar de senhor com poucos segredos e muitos caprichos. Se veterano no ofício de examinar causas, suas ponderações obsessivas, mais por vício e prova de conhecimento do que por amor à Justiça, emperrava por tempo exagerado os processos.

    Zoroastro detestava papel solteiro. Era sempre necessário juntar mais um e mais outros, para fazer companhia ao primeiro e essencial. A uma simples solicitação de aposentadoria, juntavam-se intermináveis certidões como se a carteira de identidade, só por si, não indicasse o solicitante como já no fim da linha.

O MENINO-GATO E O GATO-MENINO

O MENINO SE DEITOU no assoalho da sala. O gato se deitou ao seu lado. O menino olhou para o gato. O gato olhou para o menino. Os olhares eram firmes, tanto do menino como do gato. Ficaram durante muito tempo se encarando. Ou conversando? Eram amigos desde quando os dois eram pequenos. O menino cresceu muito e o gato ficou com inveja. O menino aprendeu a falar e o gato a miar. Nenhum entendia o outro a não ser lendo nos olhos.

Depois de muito se olharem o menino correu em disparada. Subiu no telhado. Deitou, se enroscou, encostando os joelhos no nariz. E sobre as telhas miava, miava noite adentro. Miava de medo do futuro. Agora era um menino-gato e sem saber, ainda, viver em solidão e com medo de escuro. Menino-gato e sem rabo.

O gato correu para o quarto. Subiu na cama. Se esticou debaixo dos cobertores. Pensou e pensou. Nem sabia rezar. Imaginou a noite lá fora, a liberdade de ir e vir. Agora era um gato-menino. Gato-menino com rabo.

É que o menino guardava um sonho antigo: o de ser gato. Sair pela noite, andar sobre os telhados, se espreguiçar ao sol. Viver sem tomar banho no chuveiro, sem precisar trocar de roupa, sem ninguém lhe perguntar por onde andava. Sem precisar comer de garfo e faca.

O gato sonhava em ser menino. Ficar em casa durante a noite, ler um livro, andar no chão sem perigo de cair das alturas, ficar na sombra da casa sem frio. Tomar banho no chuveiro com sabão perfumado, trocar de roupa, sempre. Estava cansado de só se vestir de cinza e correr de cachorros. Comer com garfo e faca.

O menino-gato — sem rabo — em cima do telhado, dormiu e sonhou. Viu um ninho com sete ratinhos. Todos muito gordinhos. Daria para se alimentar durante os sete dias da semana. Teve pena. Eram ratos robustos e felizes, ao lado de uma ratazana maternal. O menino-gato nunca tinha visto rato feliz. O jeito foi ficar com fome e pensar em sardinhas. O menino-gato descobriu que, se tinha fome, era preciso buscar o que comer. Ninguém lhe dava comida na boca.

O gato-menino — com rabo — dormiu e sonhou que tinha comida na mesa em hora certa, roupa lavada e passada. Ganhava presente de aniversário e acreditava em Papai Noel. Sonhou que estava na escola e escutou a professora dizer que gato come rato mas tem medo de cachorro. Ficou triste e meio dividido. Seria melhor sonhar sonho de gato. Sonhar com ninho de ratinhos e lua leitosa em forma de queijo. Mas sonhou com anjos voando. Pelas asas e penas pensou que fossem passarinhos e teve vontade de comê-los, mas não sabia voar.

O menino-gato — que agora vou chamar de Mega — sentiu-se sozinho no telhado. Teve medo de cachorro. Desceu e foi se deitar nos pés do gato-menino — que agora passo a chamar de Game. Mas Game ficou incomodado com o tamanho do Mega. Não gostava de dormir com menino-gato. Empurrou o Mega com os pés, espreguiçou e jogou o visitante para fora da cama. Mega voltou para cima do telhado e continuou a miar. Miava de tristeza e de fome.

Os sete ratinhos do sonho de Mega acordaram e foram fazer carinho no menino-gato. Mega dormiu com o som do ruído dos ratos roendo seu ouvido, e mais uma fome que não era de comer rato.

Game se viu só na cama grande. Sentiu saudade da lua. Subiu até o telhado. Se espantou ao ver os ratinhos dormindo nos ombros do Mega. Gato-menino não gosta de rato. Também ele se deitou nas patas do Mega. Sentindo-se incomodado, Mega esticou as patas e afastou Game para bem longe. Menino-gato não queria dormir com gato que come ratinhos indefesos.

Foi uma noite terrível para os dois. Um lembrando do travesseiro, o outro pensando nas telhas. Um lembrando do colchão macio e outro de caçadas no lixo. Mega com saudade da cama, Game imaginando a noite, dormindo coberto de estrelas.

O sol brilhou e Mega desceu das alturas. Entrou na cozinha e encontrou Game tomando café com leite, na xícara, e comendo bolo de chocolate assentado na mesa. Viu no chão da cozinha, num cantinho, um pires de leite.

Game não conseguia segurar a xícara. Derramava tudo por todo lado. O bolo esfarelava quando Game tentava equilibrá-lo com as garras. Mega chegou à beira do pires. Tentava esticar a língua mas seu nariz chegava primeiro. Quase se sufocava. Era impossível lamber o leite sem sujar o nariz.

A mãe entrou na cozinha. Viu a confusão e gritou:

— Gato, desça da mesa e não tome o café do menino. Menino, levanta do chão e não toma o leite do gato.

Mega foi se deitar ao sol e Game entrou no quarto para repousar. A mãe, sem nada entender, tornou a gritar:

— Menino, saia do sol que você vai se queimar. Vá para seu quarto. Gato, desça da cama do menino e vá tomar sol.

— Mãe, agora sou um menino-gato e me chamo Mega. Troquei de vida com o gato — explicou o filho.

O gato-menino só miava, miava.

— Mãe, ele é um gato-menino que se chama Game. O gato trocou de lugar comigo — tornou a falar o filho.

— Nunca vi menino-gato sem rabo e nem gato-menino com rabo. É uma diferença fundamental — respondeu a mãe.

O menino foi se deitar no assoalho. O gato se deitou ao seu lado.

O menino olhou para o gato. O gato olhou para o menino. Se encararam e pensaram: "Ninguém pode ser o outro. Viva a diferença".

O gato subiu para o telhado. O menino foi se vestir para ir à escola.

TRAÍRA SEM ESPINHOS

DORMIA, COTIDIANAMENTE, DURANTE todo o imenso instante do crepúsculo. Era difícil conviver, em lucidez, com esses momentos medianeiros. E a vida, por estar entre o susto do nascimento e as pálpebras da morte, o amedrontava. Por ser assim, sua existência era um ocaso. E hoje já havia subtraído muita vida e pouco lhe restava, mas o suficiente para espantar-se com a dor do pôr do sol. Diante desse dueto calado de cores sua alma ficava entre parênteses.

Há muito usava a linha do tempo para chulear os pesares. Restara agora um curto pedaço de fio na agulha e distante do nó inicial. Mal dava para arrematar o fim do definitivo. E saber que somente o desconhecido é definitivo lhe entristecia o corpo inteiro. Doíam-lhe a unha, o cabelo, a pele. Viu confirmado que viver é subtrair-se.

Parecia-lhe interminável esse instante de guerra, em que o dia mastiga a noite e a noite engole o dia — garganta abaixo — sem degustar o sabor do suor que exala do medo. O sossego do céu, nesse momento transitório, soprava solidão em seus ouvidos. Nessa hora, seu remédio era trancar portas e janelas, apagar luzes e aninhar-se como no útero — debaixo do sono — para aliviar esse prenúncio de despedida. E partir é bom quando se compra o bilhete e escolhe a direção. A despedida inusitada, que rompe de lugar nenhum, que desata o laço a qualquer hora, tem gosto ignorado.

Desde seu princípio se surpreendia observando o exercício das melancias. Pareciam maiores que o seu olhar de infância. Presas em tênue fio como deve ser o cordão umbilical, cresciam sem ansiar pelo corte. Invadiam seu olhar e transbordavam das pupilas alimentando seus fantasmas. Adormeciam em berço de capim sonhando ser, quem sabe, além do tamanho do mundo. Tornar-se maior que o mundo é possuí-lo na palma da mão, ele suspeitava. Desafiando os limites da liberdade, as melancias prosperavam, autônomas, sem solicitar água, adubo ou poda, sem se indagar sobre o destino perseguido pelas ramas sobre a terra. Vaidosas, cobriam sua sangrenta carne com polida casca, lembrando seixo rolado de esmeralda ou mar em ócio. E nos seus interiores, repousavam paixões encarnadas, orando em rosários de sementes negras como a noite, sem entrever o dia. As melancias lhe insultavam pela abundância de vida que guardavam, pela subversão diante de lógicas efêmeras.

Sempre invejou a coragem de viver das melancias e sua liberdade de desafiar os inconvenientes. Miúdo em gestos, ele se contraía, se trancava, se encolhia, para não pesar ao mundo. Fora cortado sem amadurecer. Vivia a vida e a morte simultaneamente. Ser a um só tempo presença e ausência era seu ofício.

Passara por consultórios, confessionários, divãs, lamentando sua dificuldade em conviver com o pôr do sol. A vitalidade da loucura ameaçava invadi-lo. Alimentou-se com rezas, comprimidos e palavras. Se lavou em cachoeira, se benzeu, acendeu vela, amou, desamou, tudo para se encantar com o pôr do sol. E para muitos nessa paisagem morava a poesia. Desnascer lhe parecia mais fácil, concluía. Mas não se recordava onde estivera antes de "estar". O pôr do sol lhe confirmava, cotidianamente, a necessidade de um crepúsculo para intermediar o vivido e o sonhado, o passado e o futuro, e seu presente, pensou, era se equilibrar entre o ontem e o amanhã. A matéria de seu presente era, portanto, o intocável.

Depois de fugir do crepúsculo daquela tarde, e ter dormido medo adentro, fuga adentro, terror adentro, o sono não veio. E não dormir exigia destemor. Se deixar para trás, se esquecer num canto para aquietar-se e só retornar quando não mais houvesse crepúsculo, passou a ser seu desejo inteiro. Mas seu pensamento respirava apenas o caos que circulava em seu quarto escuro. O ar que inalava tingia de mais escuro o lá dentro. Duvidava se a desordem povoava seu lugar ou se ele é que derramava incoerência em seu entorno. Recusava-se a perguntar se fechados ou abertos estavam seus olhos ou se a memória é que dava corpo a cada imagem buscada. Imóvel, desconfiou de que seu olhar lhe traía ao não lhe revelar quando a verdade e onde a mentira. Fora traído ao ter decretada a sua morte no instante do parto. Nascer para morrer lhe ecoava como um desumano absurdo, uma condenação sem explícitos espinhos.

Sem mais recursos, com os caminhos cruzados e as procuras exauridas, ele travou um pacto com as melancias. Não deixaria de ter como companhia tal fruta, assim encharcada de amor e capaz de se explodir pelo excesso de dulçor. Nunca dormiria sem repousar num sarcófago de louça branca um pedaço de melancia, fruto exagerado em água, cor e maciez. Tal alimento passou a ser seu analgésico, seu calmante, seu sonífero. Sua presença matava seu pavor de despedir-se sem tempo de dizer adeus a si mesmo. A lembrança da melancia afastava a melancolia trazida pela insônia. Nas manhãs valeria acordar para cravar os dentes na carne, sugar o sangue e embebedar-se de amor. Com a melancia ele inaugurava seu mais um dia. A fruta passou a ser sua moeda de troca. Assim, resmungou, negociaria com o absoluto até o último sempre.

Como foi, e por dormir demais naquele pôr do sol, o sono da noite não veio. Pôs-se de pé, caminhou pelo escuro, e se levou até a janela. Ele era dois. Um que respirava e outro que o interrogava. Abriu as bandas da janela como um livro. Tentou soletrar o que andava escrito no escuro. Debruçado, experimentou uma profunda intimidade com as trevas. Nada. Parecia que a terra havia partido e lhe deixado apenas a solidão como vitória. Sentiu secular saudade do mundo, como se há muito o houvera deixado. No escuro só o imaginário lê. Releu o que estava escrito em si mesmo. Deparou novamente com a mesma sentença aflitiva. Sentiu que a vida lhe enganara. Ao ganhar o nascimento, nasceu com ele uma condenação definitiva. A vida também lhe traíra sem espinhos, lastimou já sem lágrimas.

Sua rua era uma via de mão única. Sua rua era uma veia no corpo da cidade e pronta para o enfarto. Tudo caminhava para uma só direção, um só porto, um só destino. Faltava refluxo. Com os braços cruzados sobre a janela, a memória lhe trouxe, como um aviso, um mandamento antigo: "Não ultrapasse quando a faixa for contínua". Para transpor é preciso intervalos, espaços, vazios, pensou. Cruzou os dedos como se faltassem abraços. Se deu conta de que há muito não usava dos braços para outros amores. Experimentou o medo de que lhe faltassem melancias e, com elas, outras manhãs. Afligiu-se ao pensar que, por algum motivo ecológico, as melancias se ausentavam do mundo. Assim estaria, irremediavelmente, sem esperança de amanheceres.

Por muito tempo passou respirando a véspera da madrugada, emoldurado pela madeira da janela. Olhando a linha do horizonte, percebeu que o dia engoliria a noite, dentro em pouco. Estaria novamente diante do intermediário. Procurou o Cruzeiro do Sul para se situar a partir dos pontos cardeais. Tomou posse de seu norte e de seu cansaço. As quatro paredes do quarto determinavam seu percurso. Nada havia a fazer a não ser entregar-se às determinações das profecias.

Recuou para dentro da casa. Andou pelas trevas dos vazios sem tocar em nada, sem esbarrar nas esquinas, com o cuidado dos gatos, mas sem garantias de sete vidas. Passou pela cozinha e viu que se esquecera de reservar melancia para aquele amanhecer. Seu coração se trancou sem aurora. Há sempre um derradeiro momento, dialogou consigo mesmo. Desolado, voltou ao quarto. Se cobriu, fechou os olhos e voltou para onde estivera antes — lugar da concretude —, mas sem espinhos. Dormiu sem jamais descobrir como brotou o desejo de açúcar no coração da formiga.

RESTA O CÃO

IMPRESSIONAVA-ME SEU GRANDE amor pela carne. Por toda a longa manhã de sábado, com faca de aço afiada, ela retalhava a manta sobre a pia de pedra, cortando os bifes como quem corta pano de cetim encarnado para um vestido de festa. Impressionava-me, ainda, seu corpo de açougueira retendo nas mãos a fera morta. Rígidos eram os músculos do rosto, numa mistura simultânea de prazer incontido e ódio reprimido.

Depois, cumprindo o ritual, com a ponta dos dedos ela salgava a carne, alterando seu sabor original como se bordasse, com pó de prata, outros tons da roupa na noite. Com a palma da mão esfregava o sal, fazendo-o desaparecer carinhosamente por entre o tecido fresco. Tudo feito, debruçadas na janela da cozinha — ela e a carne na bacia — recebiam o sol como se fosse mais tempero. Seu rosto ia se povoando de uma tristeza distante, semelhante à tristeza daqueles que praticam um crime contra si mesmos e são culpadamente absolvidos.

(No quintal, preso pela corrente curta, o cachorro brincava com as filas das formigas, acompanhava com inveja o voo dos insetos ou espiava os estranhos barulhos insuspeitáveis, criando uma liberdade só para si.)

Por muitos anos durou aquele amor à carne. Nem a doença que passou a temperar, com dor, seus músculos, impedia a mulher da cerimônia dos sábados.

Houve um dia em que seu corpo não acordou aprumado, e o movimento de tomar na mão a faca era vacilante. Ela não se referiu ao sonho da noite, mas um novo tempo ela estava inaugurando, medrosamente.

Foi de propósito, pensei, quando a faca afiada, ao cortar a carne, abriu um corte profundo em sua mão esquerda. Talho paralelo à linha do destino. E o sangue que minava da mão trêmula caía sobre a carne exposta, que o absorvia, ansiosamente. E do pacto entre as duas vítimas, nasceu o medo de que a morte a encontrasse viva.

Impressionava-me, desde o princípio, sua maneira de cativar a morte. Ela criou dores nos cabelos, nas unhas, nas sobrancelhas, nas orelhas, tentando enganar a ameaça. Pressentia que, assim dolorida, a morte se apiedaria dela e lhe pouparia o golpe exagerado.

E deveras, um novo ritual se instalou na casa. Portas foram trancadas, armários fechados, lençóis alvejados, corpos lavados. Prateleiras, pias e panelas, tudo areado, dolorosamente limpo.

Qualquer invasor, se ali penetrasse, sentiria a frieza de um túmulo, onde moravam filhos feitos de carne e medo, silenciosamente transitando sem sombras, e que homenageavam a mãe por isentá-los da morte. O mundo entrava sorrateiro pelos fios da luz, do telefone, da televisão, raramente.

E se a morte um dia chegasse, ao entrar sem licença, não tocaria em ninguém. Tudo (pratas, azulejos, copos, talheres) estaria irremediavelmente morto, até as camas estendidas como se nunca usadas.

Mas se a morte tentar golpear alguém, apenas para confirmar sua passagem e seu ofício, a mãe vai suspirar um pedido: use o cão enquanto nos preparamos, salgando a carne podre.

ALFABETIZAR

ALFABETIZAR NÃO É apenas ensinar o aluno a juntar e separar letras. Alfabetizar é motivar o sujeito para travar diálogo com as diversas faces do mundo. Acredito que o desejo de ser alfabetizado nasce na medida em que descobrimos que a história do mundo em que vivemos — que existe anterior a nós e permanecerá depois de nós — está em grande parte escrita e por escrever. Toda experiência da nossa memória é construída pela soma do mistério vivido ao mistério sonhado, que tanto o sonhado como o vivido estão escritos em diversas categorias de textos, da ciência à arte.

O alfabetizando porta vivências tanto do real como do imaginário. Ele possui uma vida exercida e um desejo a ser realizado, e sua inteireza está em não privilegiar seus tantos níveis de emoções.

Mas a literatura, por não ignorar as fantasias humanas, traz à tona questões particulares que residem na intimidade mais profunda de nós, desde a inquietação do nascimento até o mistério da morte. A literatura conversa com o nosso silêncio.

A literatura permite que nossos fantasmas venham à superfície tendo como objeto a palavra. A alfabetização instrumentaliza o sujeito para que ele se enriqueça com o conhecimento do outro e estenda sua intuição poética ao mundo pela prática da leitura e da escrita. Também no alfabetizar é a palavra que está em questão.

Ao reconhecer o texto literário como capaz de também mover o alfabetizando inteiro, ao dialogar sobre os aspectos fundamentais da existência, sua função se torna indispensável nos tantos processos de ler e escrever. Indo além, todo conhecimento adquirido pela literatura nos chega vestido de beleza. Ser alfabetizado pela literatura é alfabetizar-se em sensibilidade.

Se o texto literário nos leva a pensar e nos "dá a palavra", também a alfabetização se efetiva quando os alunos percebem que pensar é trabalho, é um ato operatório. Sem exercer o pensamento não se adentra no mundo. Ler é inteirar-se da experiência do outro e escrever é dizer ao outro o que há de singular em nós. Pela literatura as relações com a vida e com os outros se tornam mais cuidadosas e nossa fragilidade, mais compreensível. Alfabetizar não é abrilhantar a personalidade do aluno com mais uma técnica de leitura e escrita. Alfabetiza-se para dar melhor sentido ao ato de viver. Também a literatura não deseja outra coisa.

AO FANTASIAR

AO FANTASIAR, EXPERIMENTO a liberdade. Não há preconceitos, limites ou paredes nesse ato fundador do humano de buscar (em vão) decifrar o absoluto. Fantasiar é o exercício de indagar sobre o meu tamanho para concluir, sempre, que minha inquietação diante da finitude não resiste a horizontes. Há sempre um depois do depois. E só no trabalho criador encontro lugar para fazer da fantasia matéria primordial de meu ofício.

Mas a fantasia não convive com o individual. Por ser filha da dúvida, ela me abre para o diálogo, o encontro, a coesão. Daí a necessidade de lhe dar corpo para que ela se faça uma experiência coletiva. Não se é livre sozinho. Não se fantasia por vaidade, mas pela posse da fragilidade, por saber que com vários olhares se vê com melhor nitidez. Escrevo para o outro sem me afastar de mim.

A arte, bem como a literatura, nasce da liberdade de fantasiar e não suporta prisões. Tentar engaiolar o fruto da liberdade é lhe cortar as asas, impedir seus voos, que alcançam maiores distâncias quando impulsionados por muitos sopros. Conhecemos a necessidade da liberdade, mas desconhecemos sua extensão. Por ser assim, compreendo, como tantos outros, que o homem possui o tamanho de sua fantasia. O sujeito alcança onde sua fantasia toca.

Ao fazer uma relação entre fantasia e liberdade quero compreender que tanto não se esgota a fantasia como é impossível impedir a experiência da liberdade quando diante da arte, tanto como criador quanto fruidor. E mais, por compreender a literatura como arte, sei que ela abre portas, mas a paisagem mora no coração do leitor. E construída a partir da liberdade, a literatura liberta o leitor. Leitor e escritor se somam e escrevem uma terceira obra que jamais será editada. O texto literário revela, mas não invade a intimidade do leitor.

Daí saber que meu texto surge diante do incômodo de perceber que meu olhar não esgota os objetos. Eles são além de mim. O olhar apenas acaricia a superfície. Escrever passa a ser um convite para que o leitor ajude a trazer para mais perto o mistério do mundo. Minha escrita surge do não saber.

Não tenho a pretensão de escrever *para* as crianças. Esse *para* me soa como se eu fosse um ser acabado, concluído. E eu sei que me faço e me refaço a cada momento sem arranhar o nirvana. Acredito que na infância somos mais densos, mais inteiros, mais completos. Convivemos com a fantasia, a liberdade, a espontaneidade, a inventividade, sem saber os seus nomes. São elementos inerentes e necessários à vida, instrumentos de sobrevivência, ferramentas para operar o cotidiano. Crescer é diluir, ao longo da existência, essa fortuna que nos é creditada no nascimento.

Mas, para mim, não é tarefa simples escrever às crianças, como também não é simples ser professores ou pais. Nossa infância está tão distante de nós, e a palavra "não" já está bastante incorporada em nossa fala, de maneira quase definitiva. E o convívio com os mais jovens só se faz possível quando somos capazes de reinventar a infância perdida. Coisa possível àqueles que preservam a liberdade.

Como me é impossível ser novamente criança, construo um texto com minhas lembranças de quando estive lá. Preservo na memória meus espantos, meus sustos, minhas tristezas, meus encantamentos diante de um mundo inteiro ainda por conhecer. Não quero um texto nostálgico por entender que não se volta na história, mas não nego a importância do conhecimento da tradição. Não se cresce sem deixar rasto. Procuro construir uma escritura que possa conversar com o mundo da criança, preservando seu universo e não para lhe roubar a infância que irremediavelmente já perdi.

Sim, pretendo elaborar um texto claro, em ordem direta, com as palavras simples, o que não enfraquece uma escrita. Não quero, no entanto, negar aos jovens leitores as minhas dúvidas, minhas inquietações, meus desassossegos. Para tanto, me amparo nas metáforas: digo "isso" que também pode ser entendido como "aquilo". Quero um texto capaz de abrigar a singularidade de cada leitor. Isto, suponho, só é possível quando descobrimos que adulto não é sinônimo de verdade.

Mas diferente de outras linguagens da arte, para que tenhamos entrada na literatura é pré-requisito ser alfabetizado. O convívio da criança com a fantasia e a liberdade vai depender do processo de alfabetização que elegemos. Se compreendemos que alfabetizado é aquele que sabe apenas juntar e separar letras, a literatura se torna dispensável. Mas se alfabetizado é aquele que faz também uma leitura do social, do cultural, do político, a literatura se estabelece como o caminho essencial.

Assim, no meu ato de escrever penso também no objeto livro. Se faço um texto com o que há de melhor em mim gosto de vê-lo apresentado de maneira sedutora. Para tanto, o ilustrador se faz indispensável. Mesmo compreendendo que literatura é feita de palavras e que ler é apropriar-se das palavras, e que as coisas são nomeadas pela palavra, cabe ao ilustrador ser o meu primeiro leitor, capaz de expressar sua leitura por meio de linguagem plástica realizada a partir da sua liberdade e fantasia, para que o livro tenha outros entendimentos e outras admirações.

Mas tenho como crença que é o meu conceito de criança — e cada criança merece um conceito — que vai dar norte à minha produção. Não penso a infância sem associá-la ao futuro. Presenteamos a criança com o mundo que construímos. Eu me nego a atribuir aos mais jovens o trabalho de "remendar" uma história feita de injustiças, violências, guerras, fomes. Que elas sejam construtoras de um tempo em que a soberania dos homens se sobreponha a outros valores.

Por assim pensar, desprezo uma educação repetidora, que ignora a força da fantasia infantil, que nega espaço para que a liberdade alimente o sonho, que desconhece a precariedade do real e esquece que "a vida só é possível reinventada". Recuso uma escola e uma sociedade que rejeitam "educar" em detrimento do "adestrar". Imagino uma escola em que a literatura não sirva apenas para abrilhantar o currículo, mas desejo um currículo feito de afeto, liberdade e fantasia, como convém à literatura, e fundamental para que encontremos mais e mais a nossa própria humanidade.

DOS MUITOS LIXOS

A PARTIR DE PEQUENOS descuidos, de simples desleixos, de despercebidos instintos, esbofeteamos a natureza e tornamos mais amargo o nosso cotidiano. Somos muitos, e somando estas miúdas porções de nossos restos adulteramos de maneira assombrosa nossa existência. Do nascimento à morte — isso vale dizer, por toda extensão da vida — nosso exercício é nos aperfeiçoarmos em exigências, perseguindo maior dignidade nesta busca pela concretude. Dignidade essencial, possível àqueles que refletem e se curvam diante do mistério do universo e desvelam a fragilidade e a fugacidade da nossa passagem.

    O lixo que produzimos tem assassinado os rios, apodrecido as cidades, ferido as outras formas de vida, adoecido os ares, contaminando todo o nosso entorno, responsável pela manutenção de nossa permanência. Agregando estas miúdas porções pessoais de restos descartáveis, deterioramos de maneira quase definitiva a nossa dignidade. Se somos sujeitos capazes de pensar sobre nosso próprio destino, somos também operários aptos para esculpir nosso percurso. Somos sábios obreiros — Sísifos libertos — para alterá-lo de acordo com os valores que conferimos a nós, enquanto sonhamos superiores qualidades para nossa existência.

Mas não é tarefa inviável ou impossível essa de nos livrarmos deste lixo que torna o planeta enfermo e nossa permanência, precária. Um programa de educação, tendo como norte a perspectiva de confirmar ao sujeito sua devida dimensão, de apropriar-se de sua tradição e convocá-lo a inaugurar um mundo novo, parece eficaz. Por ser assim, o seu lugar passa a ser um espaço equilibrado pela junção consciente da sensibilidade e da lógica. O homem, quando se reconhece como sujeito, exige para si um mundo limpo, lavado, sem manchas, correspondendo à sua ansiedade de luz e transparência. Não se cuida da natureza apenas pela natureza. Nosso cuidado em transformá-la advém do respeito que temos também por nós. Natureza e sujeito conversam sem disputa de soberania. Somos cúmplices.

Mas em nosso tempo prolifera um lixo difícil de ser reciclado, de ser restaurado e recomposto. Há uma cegueira que interdita nossa emoção, para não nos escandalizarmos com as cabeças que dormem em travesseiros de cimento entre ratos e baratas. Sobrevive em nós um egoísmo, nos levando a considerar que duas mãos são poucas para preencher as grandes arcas, mesmo que para isso tenhamos que esvaziar estômagos, enfraquecendo as esperanças e negociando com os desejos alheios. Há em nós uma deformação preconceituosa capaz de nos levar a não nos assentarmos juntos, em mesa comum, para dividir a comunhão. Há em nós um conformismo com a presença da pobreza, pois só assim confirmamos nossos poderes e nossos mandos. Constitui vaidade aproveitarmos a essência das coisas para que o outro sobreviva com os nossos invólucros descartáveis e a isso chamamos de caridade e fraternidade.

Se repartirmos nosso pão em fatias iguais, perderemos nossos *status* de senhores. Se despoluirmos as águas, beberemos da mesma fonte e perderemos a diferença que muito nos envaidece e nos distancia. Se dormirmos sobre tetos semelhantes, igualaremos nossos sonhos e reduziremos nossas presunções. Há em nós uma prática educativa que interdita a realização das possibilidades humanas, inerentes a todos. Assim, a capacidade de mais consumir passa a ser sinônimo de melhor escolaridade, e em nossos discursos técnicos sobrevivem sempre as mesmas palavras que camuflam nossas demagógicas e vazias preocupações sociais com a subnutrição, o subemprego, a submissão. Qual lixo reciclaremos primeiro?

CARTA POÉTICA

POR MUITAS VEZES tenho afirmado que as palavras são portas e janelas. Se me debruço e olho, inscrevo-me na paisagem. Se destranco as portas o enredo do mundo me visita. Vivo, hoje, desse privilégio de me estar somando ao mundo pela leitura, e de me estar dividindo pela escrita. Escrever é arriscar-se, ao tentar adivinhar o obscuro, enquanto ler é iluminar-se com a claridade do já decifrado.

    O gesto definitivo da escola sobre a minha vida foi o de não ter me afastado do prazer de ler e escrever. Minha professora, livro às mãos, encerrava as aulas remetendo-nos a outras geografias, novas histórias, belas linguagens. Sem receio do tempo e segura quanto às funções da literatura, ela exercia o magistério descontextualizando-nos, oferecendo-nos caminhos alternativos para outras viagens, não deixando morrer a nossa curiosidade infantil, fazendo nascer, em nós, mais e mais desejos.

    Desse momento em diante, jamais estive em irremediável solidão. Há sempre ao meu lado um livro sem nenhuma força inibidora, sem exigência ou cobrança, surpreendendo-me com o ainda insuspeitado. E pode a educação fazer mais pelo homem do que remediar a sua solidão? Nascer é ganhar o abandono, é inaugurar a perda e estar só até o momento de morrer da própria morte. Vejo duas sortes de solidão: uma que inibe e outra que desafia. Padecendo da primeira, o homem se vê só, e sem força movedora para encontrar-se nas relações; se fecha e sofre. Na segunda, a dor é menor. Mesmo sabendo-se condenado à solidão, o sujeito procura, busca, insiste em estar-com, consciente da impossibilidade da completude.

Não é a tarefa mais simples para a escola, essa de formar leitores. É necessário, antes, ser uma escola leitora, capaz de ler a cultura do mundo para bem selecionar o seu conteúdo curricular. A escola é um apêndice da cultura. Ela só romperá o cotidiano ao tomar posse da tradição, ao tomar posse do conhecimento produzido anteriormente. Mas muitos dos seus responsáveis consideram a cultura como matéria de um programa, como se isso fosse possível ou inteligente. Tal atitude evidencia a sua pouca capacidade de ler. Suspeito, minha amiga, de que assim sendo a nossa cidadania será sempre cega, exercitada e comprometida com o modismo e não movida por uma força advinda do reconhecimento, pelo homem, de sua própria dignidade. A escola usa a leitura apenas com a perspectiva de somar: "saber". E ler pelo prazer de ler possibilita-nos o saber como acréscimo e a felicidade como objetivo.

O mundo é um imenso livro sem texto; ou melhor, um intenso texto. Leituras e escritas são, pois, atividades inerentes ao homem. Fascinante é ainda certificar-se de que esse livro foi criado a partir da Palavra. Foi dizendo faça-se a luz, façam-se as águas, faça-se o firmamento, que tudo se fez. A palavra, de fato, realiza aquilo que prenuncia. A escola sempre impede o aluno de escrever a sua legenda sobre esse livro, assim como seleciona as legendas que devem ser lidas. De acordo com a sua conveniência. (Não acredito em escola de conveniência ou de busca do equilíbrio. Ser educado é existir no plural. É apreender que tudo tem vários prumos, inúmeros pontos de vista, múltiplos significantes e muitos tantos valores. É suspeitar de que dois mais dois são quatro quando a sociedade é justa.) A escola é servil e está sempre a serviço de determinados caprichos. Daí a liberdade ser considerada, por ela, como um privilégio que ela outorga e não como uma exposição incondicional para se educar. Ser educado é praticar a liberdade com o refinamento próprio daqueles que descobriram os limites da humanidade. Não se é livre sem cuidados. E a leitura, dentro de seus propósitos maiores, só é possível na liberdade. Todo meu interesse está em afirmar que não há cidadão sem leitura.

Sou escritor, falo, pois, como aquele que busca ler o mundo e registrá-lo na tentativa de dividir a minha perplexidade diante do que a vida humana pode vir a ser. Se uso da fantasia sei que fantasiar é deixar vir à tona o que há de mais próximo da minha intimidade. Fantasiar é confidenciar, é refutar a mentira, é o falar com a mais provisória das verdades. Octavio Paz diz que "quem coloca convicções próprias como sendo a verdade absoluta e as instrumentaliza politicamente torna impossível a convivência livre de pessoas". Neste sentido, a presença da literatura se justifica por si só. Ao só existir permitindo que o leitor preencha o silêncio entre as palavras com a história pessoal, ela é definitivamente democrática. Daí a importância de se formar uma rede nacional de leitura.

Tenho lido nesses dias um trabalho de Françoise Dolto chamado *Tout est langage*. Falando a educadores, ela confirma que para construir e humanizar a sociedade é fundamental cultivar as diferenças. Ela conta um fato simples que bem pode resumir esta carta: "Quando uma criança deseja um brinquedo que não existe, ela o inventa. Um pedaço de qualquer coisa é o seu avião. Mas se lhe dermos um avião, ela vai rapidamente quebrá-lo, pois ela não terá nada a imaginar".

A literatura deixa espaço para o leitor imaginar e apropriar-se dele com as suas vivências, seus sonhos. Ela acorda, no sujeito, dizeres insuspeitados e redimensiona conceitos. É um jogo de invenções e possibilidades. É maior e mais rico dizer que a terra não tem "nem" luz própria do que anunciar apenas que a terra não tem luz própria. Na primeira oração somos impulsionados a dizer de outras faltas sem negar a afirmativa científica. Não há, pois, educação permanente sem a formação de leitores. É urgente reconhecer a existência de outros desenvolvimentos além dos tecnológicos, nos últimos tempos. As formulações sobre o homem, seu destino, seu desejo, suas frustrações e fraquezas evoluíram paralelamente. É perigoso, muitas vezes, considerar eficaz um processo educativo quando apenas comprometido com o sucesso financeiro. Conheço um número incalculável de indivíduos que se empobrecem ao enriquecer. Perderam a sensibilidade, o respeito, a afetividade, a generosidade, a humildade, ganharam em arrogância, insolência, soberba, autoritarismo. Seria justo chamar educativo o processo que levasse a tal resultado?

A PALAVRA AIDS

LIDO COM A PALAVRA escrita, o que muito difere da palavra falada. Meu instrumento de ofício é a palavra, mas percebo que ela se ausenta quando a escrita se configura, abrindo para o leitor espaço para a reinvenção. Enquanto ela é o meu objeto de trabalho, a palavra é o meu produto.

Ao tomar da palavra sei que ela é concreta na medida em que falar é produzir/reproduzir. E por ser concreta ela não se nega à maleabilidade e ao ritmo, especificidades maiores dela, para que a linguagem se faça realidade.

Desprovida de algemas, a palavra desencadeia. Alastra-se e sem arranhar o vazio ela fecunda aquilo que prenuncia, desde todos os tempos, desde as profecias. E nos dias de agora mais se consagra o conceito de que "nascer é deixar entrar a palavra".

Para o poeta Fernando Pessoa, a palavra é, numa só unidade, três coisas distintas: o sentido que tem, os sentidos que ela evoca e o ritmo que envolve esses sentidos. Para Clarice Lispector — artesã maior da escrita brasileira — a palavra é isca pescando aquilo que não é palavra.

Em situação anterior já registrei que toda palavra é composta e contida. Por ser singular a palavra mais plural é o seu sentido. Por mais que tudo se diga ela não esgota o esquecido. Por mais que a tudo se cala não preenche o vazio. Toda palavra é composta por acordar no já vivido o mais e o mais despercebido.

Como existe a palavra, há, definitivamente, a escuta — o ouvido/concha elaborando pérolas. Para Roland Barthes ouvir e escutar possuem esforços distintos. "Ouvir é um fenômeno fisiológico e escutar, uma decifração. O que se tenta captar pelo ouvido são signos. Escutar é colocar-se em posição de decodificar o que é obscuro, confuso ou mudo, para fazer com que venha à consciência o lado secreto do sentido. Escutar é um verbo evangélico, por excelência. É esta escuta que liga o homem a Deus."

Por ser assim, escutar ou escutar-se é inscrever-se na fala daquele que pronuncia. É certificar-se do outro que sou eu mesmo. Ao escutar, indiscutivelmente o diálogo se estabelece inaugurando novas rezas para bendizer dos fantasmas.

Em um contexto amplo como é o da Aids, com inúmeros estudos e pesquisas, minha escrita não será mais que um *band-aid* sobre esta imensa ferida mundial. Provavelmente um *bandage*, uma tira de ajuda, que não trará grandes benefícios a não ser o de mais uma comprovação sobre o poder da palavra, sua função e suas vinculações recrutadas.

Aids é inicialmente uma sigla que se metaforizou em morte. Para o ouvinte da língua inglesa, Aids (eids) se entrelaça auditivamente com o verbo *to aid* — ajudar. Tal sonoridade me convida a acreditar que o sujeito, ao se ver sentenciado pela palavra Aids (eids), se faz paciente e implora *aid* — amparo.

Não é mesmo fardo simples, chega a ser insuportável, pensar na morte individual. Sentir-se esvaindo de si mesmo.

A morte não somente interrompe, exageradamente, a relação com o conhecido, mas subtrai o mundo inteiro que ofereceu também "o outro". Por toda solidariedade ou paixão, jamais se pode morrer no lugar do outro. E esta ajuda — *to aid* — no caso da Aids, por mais que tudo se faça, o "tudo" é ainda insuficiente. E velar é confrontar-se com a experiência da inutilidade.

O mesmo se pode dizer do ouvinte da língua francesa que, em terna consciência, passou a denominar *Le Syndrôme d'Immunodéficience Acquise* de *Le Sida*.

Remontando ao latim, o som "cida" é igual a *Cida*, *cidium*, derivado do verbo *caedere*, que significa matar, tombar. O sufixo "cida" nas línguas derivadas do latim indica morte. Daí em português suicida, genocida, matricida, fratricida. Cabe ainda dizer que *aid* em francês é a raiz do verbo *aider* que também indica ajuda, apoio, sustento.

Estranho esse poder da palavra Aids. Sigla que se constituiu a partir do conhecimento científico e se fertilizou em morte, abandono, apelo de ajuda, por mais que se persiga abrandá-la.

Na língua portuguesa intriga-me um fato: somos capazes de incorporar e repetir as pronúncias exatas que nos chegam do inglês: *shopping*, *know-how*, *oscars*, *marketing*, *open house*. Mas de repente pronunciamos Aids (aides) em vez de Aids (eides). Qual a necessidade desse "ai"? Será de lamento, dor, terror? Ou será da sentença: "Ai de ti. Hás de pagar pelo que fizeste".

E quando o português se apropria do "sida" francês, este "Cida" ganha nova sonoridade e parece que a doença se faz mais amena. É que "Cida" é o apelido carinhoso e familiar daquelas que se chamam Aparecida. E Aparecida é a

Senhora dos Milagres, a protetora, aquela que distribui graças. É a medianeira entre o Pai e o nosso "ai". Mas Aparecida é a soma do verbo aparecer seguido do sufixo "Cida". É o tempo do particípio passado.

O que me encanta no verbo — e na palavra — é essa força poderosa, esse sentido ilimitado, esse poder operatório contido no som. O Anjo do Senhor anunciou a Maria e ela concebeu do Espírito Santo. Maria foi fertilizada pela palavra. A mulher se transforma em Senhora. A palavra encarna.

E na questão em pauta, o livre se faz condenado. Antes mesmo da morte se instalar, a palavra já se aninhou no corpo e na alma. E sem mesmo o vírus — o significado — a palavra significante congela o desejo.

Outra vez me indago: se toda vida está sempre madura para a morte e a morte é a solução da vida, por que esta morte de Aids se faz tão aterrorizante? E outra vez a palavra: é que o som sida, aids, eids, acorda no imaginário coletivo outras palavras carregadas de preconceitos, negatividades, julgamentos, condenações.

Adquire-se a Aids perdendo não somente a imunidade, perde-se também a intimidade. Morrer de Aids é, vulgarmente, morrer de desvio. É morrer em dívida com a sociedade que condena o sexo, a droga, a divergência de desejos. Coisas que a mesma sociedade liberou, mas silenciosamente, sem sons.

Saber-se aidético, penso, é saber-se irremediavelmente só, por tudo que a palavra devassa e comporta. A solidão, se imposta pelo social, passa a ser atitude do paciente e confirmada pela mídia, que expõe a solidão do sujeito sempre de costas. E qualquer afeto passa a estar sob a égide de Tânatos. O amor resta perpassado pelo medo.

Sou escritor, comprometido com a produção literária, o que indica ser um aliado da fantasia, do imaginário. Esta minha escrita não deve ir além, embora, em realidade, observo que Aids tem sido objeto de fantasia e imaginário tanto coletivo como individual. Mas quero crer que Aids possa, em breves dias, significar apenas uma das tantas maneiras de se equacionar a irremediável partida, sem outras metáforas ou conotações. Há que se reconhecer que a palavra também se desgasta.

MATEMÁTICA CONTEMPORÂNEA

JOÃO ASSALTOU UM MENDIGO na rua Caetés e apurou cinco cruzeiros. Assaltou um cego na rua São Paulo e apurou mais sete cruzeiros. Quanto João tem ainda que roubar para comprar um sanduíche de mortadela que custa 21 cruzeiros?

O pai de João trabalhou oito horas por dia e com o dinheiro comprou duas bananas de nove centímetros cada uma. Ele tem sete filhos e mais a mulher. Quantos centímetros de banana cada um poderá comer?

Na família do ministro Charles Pierre tem quatro pessoas. Durante o mês de fevereiro eles comeram 260 quilos de camarão, 180 quilos de filé-mignon, noventa quilos de salmão defumado, cinquenta quilos de caviar, 73 quilos de manteiga e 132 quilos de lagosta. Quantos quilos cabem no estômago de cada um?

A favela da Liberdade tem 5,3 mil habitantes. Tem uma caixa-d'água que recebe 10 mil litros por dia. Quantos litros de água cada família pode usar para cozinhar, tomar banho, lavar roupa para fora e beber, sabendo-se que cada família tem nove pessoas?

A batina do papa João Paulo II tem quatro metros de tecido. Quantas batinas serão necessárias para se construir 110 milhões de relíquias para evitar a fome sabendo-se que cada relíquia tem um centímetro quadrado?

Pedro tem mulher e três filhos e ganha um salário-mínimo por mês. Sabendo-se que a família necessita de quatrocentos cruzeiros por dia para se alimentar e pagar aluguel, pergunta-se:
   a. Quantos dias de jejum a família terá por mês?
   b. Quantos dias terão que dormir na rua?

A comunidade do morro da Alegria tem 4,5 mil habitantes. Construíra-se duas privadas por precaução higiênica. Sabendo-se que cada habitante vai uma vez por dia ao vaso, pergunta-se: a quantos minutos cada um tem direito?

Uma coluna dorsal mede 0,85 centímetros. Sabendo-se que a família é a espinha dorsal da sociedade, pergunta-se:
   Quanto mede a coluna dorsal de uma família de onze pessoas?
   Quantas famílias serão necessárias para se construir uma sociedade cuja coluna dorsal tenha 93 mil quilômetros?

Uma professora ganha 4.616 cruzeiros por mês para dar aula para uma classe de 46 alunos. Sabendo-se que ela trabalha 22 dias por mês, pergunta-se: Quanto cada aluno paga para assistir à sua aula de quatro horas e meia por dia?

Um *curriculum vitae* tem em média treze folhas de papel-ofício cujo comprimento é de 0,32 centímetros. Quantos metros de *curriculum* tem uma repartição pública com 150 mil professores?

POEMAS

A GEMA

A gema
do ovo da ema
é um poema
coberto de penas.

O poema explode
e nasce outra ema
coberta de penas
como o poema.

A BATATINHA INGLESA

A batatinha inglesa
deixou a família real
e vive em Portugal.

A batatinha portuguesa
comprou um quintal
e planta batatas
para o Álvares Cabral.

E o miúdo português
brinca de batatinha-frita
um, dois e três.

EU SEI,

Eu sei,
o sabiá me segredou:
— De tanto amar a doçura
a saliva da formiga,
de repente açucarou.

A BARATA É UM BARATO.

A Barata é um barato.
O Barato é um barato.
Se amaram, se casaram
e nasceram dezenas de baratinhas.

O Barato e a Barata
fizeram liquidação.
Venderam os filhinhos
por preços bem baratinhos.

PULGA PULA

Pulga pula
e se pluga na perna do pernilongo.
A perna do pernilongo é longa
e seu pernil é polpudo.

A pulga tempera
o pernil do pernilongo,
com sal e pimenta-do-pará,
e devassa o assado
ao som do violino,
que o pernilongo arranha bem fino.

SE O BURRO BERRA

Se o burro berra
que o porco é anta
o porco avança.

Se o porco urra
que a vaca é anta,
a vaca chifra.

Se a vaca berra
que o burro é anta,
o burro chuta.

Mas se o burro, o porco e a vaca
chamam a anta de anta,
a anta responde: Bom dia.

A LIGEIRA LAGARTIXA

A ligeira lagartixa
larga sem carro
mas não vence o pato
que corre com o carrapato.

O pato do carrapato
larga o carro e corre
mas perde para a lagartixa.

Carrapato sem pato
é carro quebrado.

A ARANHA ARRANHA O AR

A aranha arranha o ar
e tece uma rede retangular.
A aranha amarra a rede
na varanda e balança
de cá para lá.

Cansada de balançar
a aranha lança a rede no mar
para pescar.
Os peixes sabem
que a rede da aranha
não pesca nada,
e nadam de lá para cá.

A ARARA AMA O "A".

A Arara ama o "A".
Urubu usa o "U".

A Arara tem sangue azul
mas o rei é o Urubu.

A Arara veio de Araraquara
para morar em Iriri.
O Urubu vive em Urumutum
mas nasceu em Grogotó.

Arara ama abará.
O Urubu inveja
o vermelho do urucum.
Só o "E" ficou de fora
dessa história
feita de A I O U.

O GALO GAULÊS

O galo gaulês
cantava em inglês:
Yes, yes, yes!

A galinha pedrês
cocorocava em francês:
Oui, oui, oui!

O pintinho,
filho do galo gaulês
e da galinha pedrês,
só piava em português:
Piu, piu, piu!

FINO,

Fino,
o grito do grilo
grila a cigarra.

A cigarra
não se amarra na farra
do grilo.
A cigarra se irrita
e engole o grilo com seu grito.

Agora,
se a cigarra solta seu som
é o grilo que grita
e arranha
em sua garganta.

A sábia sabiá
não sabia que o grito do grilo,
que ela ouvia
saía da garganta da cigarra.

A sabiá sem pena
papa a pobre cigarra.
Papando a cigarra
ela papa também o grilo
que grita em sua garganta.

Agora,
se a sabiá solfeja,
é o canto da cigarra
que gorjeia em sua garganta.

O gato ingrato,
que não gosta da sabiá
gritando como cigarra,
se intriga, se irrita,
e se roendo de raiva
degusta a cigarra.

Agora, o gato pia.
Ele tem uma sabiá
engaiolada e engasgada
em sua garganta.

Se na garganta do gato
tem uma sabiá,
tem também uma cigarra
e um grilo.

O cachorro grita por socorro:
— Nunca viu gato piando.
— Sabiá com som de cigarra.
— Cigarra gritando como grilo.

O cachorro
sem choro
e guloso,
engole o gato.

Agora,
o cachorro mia
o gato pia,
a sabiá guizalha,
e a cigarra grita.
E o grilo...
O grilo fica mudo
engolindo mosca.

VERDE-GAIO

Verde-gaio
Verde-negro
Verde-água
(vida verde)

Se me vejo em teus olhos
verde sonho
Se me fecho em tuas falas
verde tom
Nos teus rostos
meu medo.
No teu todo verde seio
minha verde Esperança.

No princípio, vicejado,
verde novo, era vida.
Agora no teu verdume
de verde, me reverdeço.

O BOI BOICOTA,

O boi boicota,
A vaca avacalha,
A aranha arranha,
A pulga pula,
O grilo grita,
A foca fofoca,
A girafa gira.

E a galinha,
com agulha e linha,
prega bolinhas na joaninha.

MARINHEIRO

Ah! se me faço oceano
fortuita fragilidade
Atraca-me no corpo
— meu porto —
um marinheiro morto.

Sem margem, o mar
inaugura dilúvio
que me inunda até os olhos.

Minha lágrima
água provisória
mina entre concha e pálpebra,
afogada em sono e sonho.

TARDE

O silêncio
me traz um crepúsculo
desembaraçadamente.

Entre penas,
preso em asas,
faço-me pássaro
e passo.

Nenhuma cor
(da água ao sangue)
me tece um entardecer
premeditadamente.

AZUL

Se me restar apenas o ar
respiro azul.

Sou safira
lapidada por intensa
controvérsia.

Se água, nuvem,
névoa ou céu,
tudo imprime enredos
no azul.

HORIZONTE

Ao longe tudo é barco
e se equilibra, leve,
na linha do horizonte.

É de água este fio
trama nada terrena.
Se pés pisam fugaz linha
olhos acusam-na mais longe.

O farol vigia da praia
a travessia dos navegantes.
Velas de adeus partindo
lenços de paz chegando.

Ao longe tudo é barco
mas não pressinto partida
nem adivinho chegada.

PEDRA

Submersas em montanhas
As águas-marinhas
Águas furtadas
De anteriores mares.

Sólido azul do oceano
preso em terra e pedra.
Onde as conchas, algas, barcos,
marinheiros e seus destinos?

Polida em quatro cortes
são furtadas marinhas
as águas-mestras.

BELÉM

Por entre mangueiras
passeio tristeza em Belém.

Por entre mangueiras
procuro a estrela
e me afogo em chuvas.
(Relógio do meio-dia)

Por entre mangueiras
pesam-me as águas.
Respiro sombras surdas
sem mesmo nascer em Belém.

Onde a Estrela Guia?

MANIFESTO POR UM BRASIL LITERÁRIO*

RECONHECEMOS COMO PRINCÍPIO o direito de todos de participarem da produção também literária. No mundo atual, considera-se a alfabetização como um bem e um direito. Isto se deve ao fato de que com a industrialização as profissões exigem que o trabalhador saiba ler. No passado, os ofícios e as ocupações eram transmitidos de pai para filho, sem interferência da escola. Alfabetizar-se, saber ler e escrever tornaram-se hoje condições imprescindíveis à profissionalização e ao emprego.

---

* Este manifesto, redigido por Bartolomeu Campos de Queirós, lançou o Movimento por um Brasil Literário (MBL) na 7ª FLIP (Festa Literária Internacional de Paraty), em 2009. E a publicação original pode ser acessada em: QUEIRÓS, Bartolomeu Campos de. Manifesto do Movimento por um Brasil Literário. In: *Revista Palavra*, Rio de Janeiro, ano 4, n. 3, p. 24-25, jul. 2012. Disponível em: https://periodicos.uff.br/sededeler/article/view/56870. Acesso em: 26 fev. 2025.

O Movimento por um Brasil Literário foi uma iniciativa com a proposta de fazer avançar a discussão sobre biblioteca escolar, e reuniu especialistas e instituições, em diferentes regiões do Brasil, que abordaram temáticas pertinentes à causa em feiras literárias, seminários, debates e palestras.

A escola é um espaço necessário para instrumentalizar o sujeito e facilitar seu ingresso no trabalho. Mas pelo avanço das ciências humanas compreende-se como inerente aos homens e às mulheres a necessidade de manifestar e dar corpo às suas capacidades inventivas.

Por outro lado, existe um uso não tão pragmático de escrita e leitura. Numa época em que a oralidade perdeu, em parte, sua força, já não nos postamos diante de narrativas que falam através da ficção de conteúdos sapienciais, éticos, imaginativos.

É no mundo possível da ficção que o homem se encontra realmente livre para pensar, configurar alternativas, deixar agir a fantasia. Na literatura que, liberto do agir prático e da necessidade, o sujeito viaja por outro mundo possível. Sem preconceitos em sua construção, daí sua possibilidade intrínseca de inclusão, a literatura nos acolhe sem ignorar nossa incompletude.

É o que a literatura oferece e abre a todo aquele que deseja entregar-se à fantasia.

Democratiza-se assim o poder de criar, imaginar, recriar, romper o limite do provável. Sua fundação reflexiva possibilita ao leitor dobrar-se sobre si mesmo e estabelecer uma prosa entre o real e o idealizado. A leitura literária é um direito de todos e que ainda não está escrito. O sujeito anseia por conhecimentos e possui a necessidade de estender suas intuições criadoras aos espaços em que convive.

Compreendendo a literatura como capaz de abrir um diálogo subjetivo entre o leitor e a obra, entre o vivido e o sonhado, entre o conhecido e o ainda por conhecer; considerando que este diálogo das diferenças — inerente à literatura — nos confirma como redes de relações; reconhecendo que a maleabilidade do pensamento concorre para a construção de novos desafios para a sociedade; afirmando que a literatura, pela sua configuração, acolhe a todos e concorre para o exercício de um pensamento crítico, ágil e inventivo; compreendendo que a metáfora literária abriga as experiências do leitor e não ignora suas singularidades, que as instituições em pauta confirmam como essencial para o País a concretização de tal projeto.

Outorgando a si mesmo o privilégio de idealizar outro cotidiano em liberdade, e movido pela intimidade maior de sua fantasia, um conhecimento mais amplo e diverso do mundo ganha corpo, e se instala no desejo dos homens e das mulheres promovendo os indivíduos a sujeitos e responsáveis pela sua própria humanidade. De consumidor passa-se a investidor na artesania do mundo. Por ser assim, persegue-se uma sociedade em que a qualidade da existência humana é buscada como um bem inalienável.

Liberdade, espontaneidade, afetividade e fantasia são elementos que fundam a infância.

Tais substâncias são também pertinentes à construção literária. Daí, a literatura ser próxima da criança. Possibilitar aos mais jovens acesso ao texto literário é garantir a presença de tais elementos — que inauguram a vida — como essenciais para o seu crescimento. Nesse sentido é indispensável a presença da literatura em todos os espaços por onde circula a infância. Todas as atividades que têm a literatura como objeto central serão promovidas para fazer do País uma sociedade leitora. O apoio de todos que assim compreendem a função literária, a proposição, é indispensável. Se é um projeto literário é também uma ação política por sonhar um País mais digno.

DATAS E LOCAIS DE PUBLICAÇÃO DOS TEXTOS DESTE VOLUME

Alguns dos textos aqui reunidos de Bartolomeu Campos de Queirós são inéditos, com exceção dos listados a seguir.

Traíra sem espinhos. Publicado originalmente em: BORJA, Maria Isabel; VASSALLO, Márcio (Org.). *O livro dos sentimentos*: crônicas, contos e poemas para jogar com as emoções. Rio de Janeiro: Guarda-Chuva, 2006.

A fantasia nova do rei. Publicado originalmente em: PRADO, Jason; MAIA, Ana Cláudia (Org.). *Diferentes heróis, diferentes caminhos*. Ilustrações de Ângela Lago, Celso Sisto, Elisabeth Teixeira, Roger Mello e Hans Christian Andersen. Rio de Janeiro: Leia Brasil, 2008.

Singular descoberta da escrita. Publicado originalmente em: VÁRIOS AUTORES. *Memórias da literatura infantil e juvenil*: trajetórias de leitura. São Paulo: Museu da Pessoa/Editora Peirópolis, 2009.

Manifesto por um Brasil literário. Discurso proferido em junho de 2009 na FLIP.

Os poemas "A batatinha inglesa", "Eu sei", "A Barata é um barato.", "A Arara ama o 'A'.", "O galo gaulês" e "O boi boicota," foram publicados também, com certas diferenças estabelecidas por originais do autor, no livro póstumo de Bartolomeu Campos de Queirós, *De bichos e não só*. São Paulo: Global Editora, 2016.

"Uma definitiva presença", publicado também em: QUEIRÓS, Bartolomeu Campos de. *Sobre ler, escrever e outros diálogos*. 2. ed. São Paulo: Global Editora, 2019.

"Uma varanda longa..." foi publicado também, com pequenas diferenças, sob o título *A Ararinha-Azul*. São Paulo: Global Editora, 2024.

CONHEÇA OUTRAS OBRAS DO AUTOR

Para iniciantes de leitura

2 patas e 1 tatu
As patas da vaca
De bichos e não só
De letra em letra
História em 3 atos
O guarda-chuva do guarda

O ovo e o anjo
O pato pacato
O piolho
Para criar passarinho
Somos todos igualzinhos

Para crianças e jovens

A Ararinha-Azul
A árvore
A Matinta Perera
Antes do depois
Apontamentos
Até passarinho passa
Cavaleiros das sete luas
Ciganos
Coração não toma sol*
Correspondência
De não em não
Diário de classe*
Elefante
Escritura*
Flora
Foi assim...
Indez
Isso não é um elefante

Ler, escrever e fazer conta de cabeça
Mário
Menino inteiro
O fio da palavra
O gato
O livro de Ana
O olho de vidro do meu avô
O rio
Os cinco sentidos
Para ler em silêncio*
Pedro
Por parte de pai*
Rosa dos ventos
Sei por ouvir dizer
Sem palmeira ou sabiá
Tempo de voo

* Prelo